漢 字 와 漢 文

대학교양,
한자와 한문

漢字와 漢文

대학교양,
한자와 한문

강동석 지음

이담
Books

최근 한 신문사에서 보도한 내용이다.

"한자 능력 자격증은 토익(TOEIC)·토플(TOEFL) 등 영어 성적, 컴퓨터 활용능력 자격증과 함께 대학생들의 필수 스펙 3종 세트에 꼽힌다. K대 학생은 졸업 전까지 한자 2급 자격증이나 교내 자체 한자시험을 통과해야 한다. S대 학생은 한자 2급 자격증이나 일정 수준 이상의 토익 점수를 제출해야 한다. S그룹 등 기업체 채용 과정에서는 자격증 소지자에게 가산점을 주기도 한다. 대한상공회의소에 따르면 한자 2급 자격증 시험에 응시한 대학생(19~23세)의 수는 2006년의 313명에서 2009년 1만 2,029명으로 늘었다. 2007년 말 국가공인 자격증으로 인정받은 뒤 응시자가 급증했다.

한자 자격증을 취득한 대학생은 이렇게 늘고 있지만 이들이 자격증에 비례하는 한자 실력을 갖고 있는지는 의문이다. 속성 강의가 수박 겉핥기식이나 점수 따기식으로 진행돼 자격증이 있어도 한자를 제대로 쓰지 못하는 경우가 태반이기 때문이다. 본지가 서울 시내 고려대·성균관대·연세대·이화여대 등 4개 대학 재학생 중 한자 자격증을 갖고 있는 대학 4학년생 100명을 대상으로 조사한 결과, 부모의 이름을 정확히 한자로 쓴 대학생은 31명에 불과했다. 아버지 이름 '용태(龍太)'를 '용견(龍犬)'으로 쓴 학생도 있었다. '고울 려(麗)' 자를 제대로 쓴 고려대생은 65명 중 18명에 불과했다. '대한민국(大韓民國)'을 정확히 쓴 학생은 46명에 불과했다."

스펙이나 취업을 위해 학습하는 것도 나름 의미가 있을지 모른다. 하지만 훗날 기억해내지 못하거나 실생활에 활용하지 못한다면, 자신이 투자했던 시간이나 노력이 아깝다는 생각을 지우지 못할 것이다. 이를 테면 최근 대학생들이 많이 얻고자 하는 MOS(Microsoft Office Specialist) 자격증을 취득했다 하더라도 이를 실무에 제대로 활용하지 못한다면 오히려 취업 후에도 이것이 장애가 될 가능성이 높다.

한자 자격증 역시 마찬가지다. 자격증을 취득했지만 한자가 우리글에서 어떻게 쓰였는지, 어떠한 의미인지 모른다면 한낱 부끄러운 자격증으로 남을 것은 자명한 일이다. 그렇다면 한자를 오래도록 기억하고 실제 생활에 유용하기까지 한 효과적인 학습방법에는 어떤 것이 있을까?

결론부터 말하자면, 한자 공부는 한문 문장을 통해 습득될 때 큰 효과를 거둘 수 있다. 한문 문장과 함께 습득하지 않고 한자만 공부한다면 이는 영문에서의 어휘[vocabulary]만을 공부하는 것과 같을 수 있다. 물론 영단어를 많이 알고 있으면 독해에 도움이 되는 것처럼, 한자도 많이 알고 있으면 한문을 독해하는 데 도움이 되는 것은 사실이다. 하지만 영문과 달리 한문은 단어의 원 뜻과 다른 뜻으로 사용되는 경우도 많고, 경전이나 역사 등에서 압축하여 쓰는 경우가 많다. 따라서 한자공부를 할 때는 문장 내에서 한자가 어떻게 쓰였는지, 어떠한 의미를 지니는지 곱씹어 봐야 오래도록 머리에 남고, 이를 통해 논리적 사고나 추론적 사유도 성장하게 된다.

그렇다면 21세기를 살아가는 우리가 왜 한자와 한문을 배워야 할까? 현재 우리는 중·고등학교 교육과정에서 한문을 배우고 있다. 흔히 한문 과목을 도구적 성격의 과목으로 인식하고 있는 경우가 많은데, 이는 우리의 언어생활 자체가 한자와 밀접한 관계가 있기 때문일 것이다.

또한 한문은 국문학사뿐 아니라 사학 및 철학사에서의 비중도 크다. 선조들이 남긴 글이 대부분 한문으로 되어 있기에 한자와 한문을 모른다는 것은 전통문화와의 단절을 뜻하기도 한다. 아울러 아시아를 소위 한자문화권이라 하는데, 이는 중국을 비롯하여 일본, 대만 등 아시아 지역의 나라에서 한자를 사용하고 있기 때문에 한자문화권에 살고 있다는 지리적 환경 역시 인지해야 할 것이다. 정리하면, 실용학문으로서의 한자를 익혀 풍

부한 언어생활을 도모하고, 선인들의 지혜를 통해 인성을 함양하기 위함이 바로 우리가 한자와 한문을 공부하는 이유일 것이다.

그렇다면 한자와 한문을 어떻게 공부해야 할까? 앞서 말한 것처럼 한문을 익히면 한자는 쉽게 익힐 수 있겠지만 그것이 말처럼 쉽지는 않다. 옛날처럼 한문초독서라 불리는 ≪천자문≫이나 ≪사자소학≫ 등을 익히는 방법도 있지만, 한문세대가 아닌 우리로서는 이 역시도 쉽지 않다. 따라서 우선 익숙한 우리글에 한자를 혼용해 한자를 익히는 연습을 해야 한다. 그런 다음에 심화 학습이라 할 수 있는 한문 원전을 공부하는 것이 효과적일 것이다.

본서는 이상과 같은 생각을 토대로 문학서나 연구서 등에서 글을 뽑아 거기에 수록된 한자를 읽고 습득한 뒤에, 한국과 중국에서 이름난 글을 읽을 수 있도록 편집되었다. 특히 우리글의 내용은 한문 원문의 번역이거나 서로 관련이 있는 글을 모아 두었다. 이를 통해 한자의 습득 및 한문 해독을 해 나갈 수 있다고 믿는다. 모쪼록 실생활에서 많이 사용되고 있는 한자를 익히는 동시에, 선조들의 사상과 높은 정신세계도 함께 배워 교양 공부에 많은 도움을 주었으면 하는 마음을 담아본다.

강동석

목차

1과

한자와 한문의
이해

漢字 漢文

한자와 한문에 대하여

1) 漢字와 漢文에 대하여

大部分 사람들은 漢字와 漢文을 區分하지 않고 使用한다. 하지만 明確히 區分할 必要가 있다. 漢字는 하나의 글자를 指稱하는 것이며, 漢字語는 두 자 以上의 글자가 모인 것을 말한다. 그리고 漢字와 漢字語가 모여 文章을 이룬 것이 바로 漢文이다. 여기에서 공통된 글자 '漢'은 中國의 漢나라를 가리킨다. 現在 通用되고 있는 글자가 바로 漢나라 시대의 글자이므로 그렇게 불리는 것이다.

2) 漢字의 基源과 傳來

漢字는 只今으로부터 略 3千年 前에, 中國 皇帝[1]의 命으로 史官 蒼頡이 새의 발자국을 보고 만들었다고 전해지고 있다.[2] 하지만 地球上의 모든 글자가 그렇듯이 어느 한 사람에 의해 文字가 創制되었다고 하는 說은 믿기 힘들다. 사람들이 生活하며 意思疏通을 위한 方便으로 자연스레 그림을 그린다거나, 실을 엮어 서로의 意思를 나누던 것이 漸次 變形되어 文字가 形成되었다고 보는 것이 普遍妥當할 것이다.

---

[1] 皇帝 : 中國 古代 傳說上의 임금. 三皇에 대해서는 皇帝氏, 伏犧氏, 神農氏 ; 天皇氏, 地皇氏, 人皇氏 ; 燧人氏, 伏義氏, 神農氏 등 異說이 있다.

[2] 東漢 時代 許愼의 <說文解字序>에, "蒼頡[創詰]이 처음 글자를 만들 때 大體로 種類에 따라 形態를 본떠 이를 文이라고 하고, 그 뒤에 形態와 소리가 서로 結合시켜 이를 곧 字라 하였다. 文이란 事物의 본래 모습이고, 字란 派生되어 차츰 많아진 것을 말한다."라고 하였다.

現在 定說로 되어 있는 漢字의 原型은 **甲骨文**이라고 한다. 하지만 甲骨文이 발견된 中國 河南省 殷墟지역보다 北東쪽에서 甲骨文보다 1천여 년 前의 글자로 推定되는 **骨角文**이 발견되었다.[3] 둘 모두 짐승의 뼈에 새겼던 文字로서 그것을 始作으로, 훗날 銅器 같은 金屬에 새긴 **金文**이 발전하게 되었다.

하지만 携帶의 不便함으로 因하여 대나무 등 가벼운 物體에 글자를 새기기 始作하면서 事物의 本體만을 본뜬 글자는 漸次 漢文의 形體와 가까운 **篆書**로 發展하게 되었다. 秦나라가 中國을 最初로 統一하자 수레바퀴와 度量, 그리고 글자를 같게 하였다. 그 以前의 文字를 **大篆**이라 하고, 그 以後 文字를 **小篆**이라고 한다.

大篆과 비교한다면, 小篆의 形體는 大篆보다 簡單하고 構造도 金文에 비하여 가지런하며 쓰는 方法도 一定한 規範을 지니게 되었을 뿐만 아니라 同一한 偏旁을 取하고 있는 여러 글자는 그 偏旁을 쓰는 方法과 位置가 모두 一定하였다. 하지만 무력으로 통일된 나라는 오래가지 못하고 漢나라가 건국되자 지금의 漢字가 생겨난 것이다.[4]

甲骨文　金文　篆 書　車 楷書

3) 漢字의 構造와 特性

漢字는 形·音·義[意]로 構成되어 있다. 예를 들어 '晴'은 다른 글자와 區分되는 形態를 지니고 있으며[形], '청'으로 발음하고[音], 뜻은 '해'와 '맑게 개다'[義]이다. 이 때 뜻을 가지고 있는 '日'과 소리를 내기 위한 '靑'이 결합하고 있음을 알 수 있는데 이러한 글자를 '形聲'이라고 부르며 漢字의 대부분이 이러한 형태를 취하고 있다.[5] 이러한 理論은 後漢 때의 學者 許愼으로부터 나왔다. 그는 當時 使用

---

3) 中國 山東大學校 劉鳳君 敎授는 骨角文의 年代를 測定하기 위하여 古文化 遺蹟地에 대한 探訪과 調査를 했으며 '骨角文'이란 개념을 정립했다.

4) 書體로 봤을 때 隸書는 現在의 漢字와 형태가 거의 같으며 楷書라 불리는 것이 현재 널리 쓰이고 있는 글씨다. 조금 더 글씨를 흘려 쓴 것을 行書라 하고, 더 흘려 쓴 것을 草書라 한다. 하지만 草書는 隸書를 흘려 쓴 것이고, 行書는 楷書를 흘려 쓴 것이므로 순서는 草書가 먼저다.

5) 漢字가 모두 몇 글자인지에 따라 형성자를 80%에서 95%이상으로 보기도 한다.

되었던 漢字의 構成 原則을 밝혀 이를 六書라 하였다.

 i) 指事-보면 알 수 있고, 살피면 뜻을 알 수 있는 것. (예) 上, 下
    [一曰指事. 指事者, 視而可識, 察而見意. 上、下, 是也.]
 ii) 象形-사물의 모양을 본 떠 형체에 따라 그린 것. (예)日, 月
    [二曰象形. 象形者, 畵成其物, 隨體詰詘. 日、月, 是 也.]
iii) 形聲-뜻을 나타내는 부분과 음을 나타내는 부분을 합친 것. (예)江, 河
    [三曰形聲. 形聲者, 以事爲名, 取譬相成. 江、河, 是也.]
iv) 會意-뜻을 가진 글자들을 합쳐 만든 것. (예) 武, 信
    [四曰會意. 會意, 比類合誼, 以見指撝. 武、信, 是也.]
 v) 轉注-종류를 세워 한 부수를 이루고 같은 뜻을 서로 받는 것. (예) 考, 老
    [五曰轉注, 轉注者, 建類一首, 同意相受. 考、老, 是也.]
vi) 假借-본래 그 글자가 없어 소리에 의거하여 의미를 기탁한 것 (예)令, 長
    [六曰假借, 假借者, 本無其事, 依聲託事. 令、長, 是也.]

　漢字는 表意文字이다. 이는 한글과 알파벳, 가나 등이 表音文字, 즉 소리를 표기하는 것을 主된 機能으로 한다면, 漢字는 뜻을 表記하는 것을 主된 機能으로 삼는다. 따라서 글자를 통해 視角的 理解가 빨라 內容傳達에 卓越한 效果를 지니는 反面, 文字와 言語가 分離되었거나 複雜한 構造, 많은 글자 數로 인한 習得의 어려움[6] 등이 問題로 指摘되고 있다.
　漢字는 孤立語이다. 漢字는 語順이나 文章의 前後關係에 따라 뜻이 달라질 뿐 글자 자체는 變하지 않는다. 예를 들어 '明月'은 '밝은 달'을 뜻하는 修飾關係이지만, '月明'은 '달이 밝다'는 뜻으로 主語와 動詞의 形態를 取한다. 또 漢字는 名詞의 單數나 複數는 勿論이고 動詞의 時制 등 文法的인 制約이 事實上 없다. 즉 '人人人人'이라는 문장은 '사람이면 사람이냐? 사람다워야만 사람이지.'라고 解釋되는 것처럼, 漢字는 名詞의 動詞化도, 形容詞의 動詞化, 文章 內에서의 時制 轉換 등이

---

6) 中國 梁나라 때 發行된 《玉篇》에는 2萬 2千餘 字, 淸나라 때 發行된《康熙字典》에는 4萬 9千餘 字, 그리고 最近 發行된《中華字海》(中國友誼出版公司, 1994)에는 8萬 5千餘 字를 收錄하고 있다.

얼마든지 可能하다.

漢字는 **單音節語**이다. 즉 한글 '사랑하다'는 4音節로 이루어져 있으며, 영어 'love'는 2音節로 이루어져 있다. 하지만 漢字는 '愛'라고 하는 1音節로 이루어져 있다.

또한 漢字는 **一字多音**의 특성이 있다. 이를테면, '樂' 자에는 '음악'이라는 뜻을 가질 때는 '악'으로 발음한다. 또 '즐겁다'는 뜻을 가질 때는 '락'으로, '즐기다'라 는 뜻을 가질 때는 '요'로 발음한다. 이처럼 漢字는 漢字語 內에서 或은 文章 內에 서 어떠한 뜻을 가지느냐에 따라 音이 달라진다.[7]

4) 漢文의 品詞와 構造, 그리고 讀法

漢文은 한 문장 안에서 文章의 實質的인 內容을 가지는 主性分인 實辭와 다른 單語들에 붙어서 機能을 發揮하는 輔助性分 虛辭로 나눌 수 있다. 實辭는 名詞, 代 名詞, 動詞, 形容詞, 副詞 등이 該當하며, 虛辭는 接續詞, 前後置詞, 助詞, 感歎詞가 該當한다.

우선, 漢文에서 가장 많이 쓰이는 基本 構造를 살핀 다음 이를 통해 各 品詞와 構造, 그리고 讀法에 대해서 살펴보도록 하자.

我讀書於堂.
我[나는] 讀[읽는다] 書[책을] 於堂[집에서]
주어 + 동사 + 목적어 + 보어

'我'는 1人稱代名詞이며 主語이고, '讀'은 動詞이며 '書'는 名詞로서 여기에서는 目的語 役割을 한다. 또한 '堂'은 '집'이라는 뜻을 가진 名詞이지만 前置詞 '於' 字 가 붙음으로서 副詞로서 補語의 役割을 한다. 이것이 漢文의 基本 構造이며, 대부 분의 漢文 文章은 여기를 벗어나지 않는다. 勿論 文法을 破壞하는 形式의 글도 없 지 않지만 이것이 基本 構造다.

---

7) 참고자료는 다음과 같다. 고려대학교한자한문연구소 편, 《한자의 이해》, 고려대학교 출판부, 2008. ; 이이화, 《이이 화의 한문공부》, 역사와 비평, 2009, 외.

漢文의 讀法을 위해서는 主語와 動詞를 먼저 찾는 것이 重要하다. 특히 하나의 句文 안에 또 다른 主語나 動詞가 있어 修飾 關係에 놓이기도 하기 때문이다. 따라서 省略된 主語를 찾는 것도 重要하며 그 主語의 動詞를 찾아 한 글자 한 글자 손으로 새겨가며 읽는 練習을 해야 한다.

다음으로 虛辭의 쓰임에 主意해야 한다. 위에서 쓰인 '於' 字를 보면, 場所를 나타내는 '~에서'의 뜻으로 使用되었지만 그렇지 않은 境遇가 있다. 이를 테면, "푸른색은 쪽빛보다 푸르다.[靑於藍]"처럼 比較級으로 쓰이는가 하면, "궁한 사람은 늘 남에게 제어 당한다.[窮者常制於人]"처럼 被動形으로 쓰이기도 하고, 文章 緖頭에 "아아![於乎(오호) 혹은 於戲(오희)]"라 하여 感歎詞로 쓰이기도 한다. 이처럼 漢文에서는 "於" 한 글자의 쓰임이 무척이나 多樣하다. 따라서 虛辭의 쓰임을 잘 알아야 文章을 理解하는데 도움이 된다.

다음으로는 漢文 읽기 方法에 관한 것이다. 漢文의 讀法은 句讀法과 懸吐法으로 나눌 수 있다. 예를 들면 다음과 같다.

學而時習之, 不亦說乎. 有朋自遠方來, 不亦樂乎. 人不知而不慍, 不亦君子乎.
學而時習之면 不亦說乎아 有朋이 自遠方來면 不亦樂乎아 人不知而不慍이면 不亦君子乎아

-≪論語・學而≫

前者는 中國이나 韓國에서 사용하는 句讀法으로 쉼표나 마침표, 그리고 따옴표나 느낌표 등과 같이 부호를 사용한 例다. 오래된 文獻일수록 句讀를 사용하지 않고 글이 써져 있는 境遇가 많다. 이러한 現狀은 中文 뿐 아니라 日文, 그리고 우리나라의 古典에서도 確認할 수 있다. 하지만 後代로 갈수록 著者의 意圖를 把握하기 어려운 難解한 글이 많아 여러 標點을 통해 글을 이해할 수 있도록 하였다.

後者는 우리나라에서만 쓰인 懸吐法이다. 語助辭를 文章 중간에 揷入하여 우리나라 사람에게 읽고 외우기 쉽게 만든 독법인 것이다. 이는 三國時代부터 쓰인 吏讀와 口訣이 훗날 한글로 대체된 것과 같은 것으로, 쉽게 말하면 漢文에 句讀를 떼고 쉽게 읽기 위한 우리만의 普遍的 方法이었던 것이다.

한 가지 잘 주의해야 할 것은, 漢文은 어디에서 띄는지, 어디에서 끊는지에 따라 문장은 달라진다는 점이다. 인용문의 경우 "自遠方來"는 "먼 곳으로부터 오면[自

遠方∨來"과 "멀리서부터 바야흐로 오면[自遠∨方來]"처럼 달리 볼 수 있다. 여기에서 前者는 '方' 字를 '처소, 곳'이라는 뜻으로 쓰였고, 後者는 '이제, 막'이란 뜻으로 쓰였다. 現在는 前者의 說에 무게를 더 두기도 하지만 漢文의 띄어 읽기가 重要함을 보여준다.

한 例를 더 보자. 韓日合邦을 反對한 臣下 가운데 韓圭卨이라는 사람이 있다. 그가 韓日合邦이 맺어진 後 自身의 立場을 "不可不可"라 한 적이 있다. 그를 擁護하는 사람들은 "불가하고 또 불가하다.[不可∨不可]"라고 解釋하였지만, 反對에 있는 사람들은 "어쩔 수 없지만 그렇게 해야한다.[不可不∨可]"라고 解釋했다고 한다. 또 어느 집에 잔치가 열렸는데, 그 잔치에 招待받은 사람과 招待받지 못한 사람, 이 둘이 만나서 대화를 나누는 장면이 있다. 한 사람은, "오라고 해도 안 갈 텐데 오라고 하지도 않는데 갈 수 있겠는가?[來∨不往 / 來不∨往]"이라고 하고, 다른 한 사람은, "오지 말라고 해도 갈 텐데 오라고 했으니 안 갈 수 있겠는가?[來不∨往 / 來∨不往]"라고 對答했다는 것이다. 이처럼 漢文은 글을 어떻게 띄어 읽느냐에 따라 의미가 완전히 달라지기 때문에 띄어 읽기는 중요하다.

다음은 띄어 읽기와 끊어 읽기에 관한 것이다. 예를 들어 "七十生子非吾子家産傳之女壻他人勿犯"이라는 문장이 있다고 하자. 이는 어느 노인이 남긴 유서인데 이야기는 다음과 같다. 옛날 어느 마을에 부자 노인이 늙어서 아들을 낳았다. 노인에게는 이미 결혼한 딸과 사위가 있었는데, 노인은 죽은 후에 재산을 모두 사위가 차지할 것 같은 생각이 들었다. 어린 아들을 걱정하던 노인이 위와 같은 유언을 남기고 죽은 것이다.

사위는 유언을 다음과 같이 해석하여 모든 재산은 독차지하였다. "七十에 生子하니 非吾子라. 家産을 傳之女壻하노니 他人은 勿犯하라.[나이 70에 자식을 낳으니 내 아들이 아니다. 집안의 재산을 사위에게 전하니 다른 사람은 넘보지 마라.]

아들이 成長하여 생각하니 賢明한 아버지가 親子息인 自己에게는 아무것도 물려주지 않고 모든 財産을 사위에게 相續한 것이 도무지 理解가 되지 않았다. 그래서 원님에게 미심쩍을 事緣을 이야기 하고 解決해 줄 것을 請했다. 그러자 원님은 그 遺言을 다음과 같이 풀이하였다. "七十에 生子하나 非吾子이리오. 家産을 傳之하노라. 女壻는 他人이니 勿犯하라.[나이 70에 자식을 낳았으니 어찌 내 아들이 아니겠는가. 집안의 財産을 아들에게 준다. 사위는 남이니 넘보지 말거라.]" 이렇게 하여 어린 아들이 성장한 뒤에 재산을 온전히 되찾게 하려 했던 아버지의 지혜가 빛을 발하게 되었다.[8] 이처럼 漢文은 글을 어떻게 끊어 읽었느냐, 懸吐를 어떻게 하느냐에 따라 意味가 完全히 달라지기 때문에 留意하여 읽어야 한다.

---

8) 이희목 외 3인, 중학교 한문1, 73면 참고, 2009, 천재교육.

漢文初讀書
≪千字文≫

   ≪千字文≫은 中國 魏晉南北朝時代 梁나라의 皇帝였던 武帝가 臣下인 周興嗣 (470~521)를 시켜 만든 책이다. 武帝는 梁나라의 初代 皇帝로서 詩文에 아주 뛰어났다. 어느 날 武帝는 周興嗣에게, 東晉 때의 有名한 書藝家이자 學者인 王羲之(307~365)의 行書 千 箇의 漢字를 重複되지 않도록 가려내게 한 뒤, 4글자씩을 한 句節로 묶어 모두 125개의 文章을 完成하도록 命令했다. 그 當時 周興嗣는 武帝의 노여움을 사 監獄에 갇혀 죽음의 刑罰을 기다리는 身世였다고 한다. 그러나 周興嗣의 學問을 아까워한 武帝가 萬若 하룻밤 동안에 ≪千字文≫을 完成하면 罪를 용서해주겠다고 하자, 머리가 새하얗게 변하도록 죽을힘을 다해 文章을 지었던 模樣이다. 이 逸話 때문에 後世 사람들은 ≪千字文≫을 白首文 혹은 白頭文이라고 부르게 되었다.(中略) ≪千字文≫은 東洋의 神話, 歷史, 文明의 뿌리를 理解하는 人文書이다. 첫째, ≪千字文≫은 漢字를 工夫하기 위한 學習書로 만들어지지 않았다. 즉, ≪千字文≫의 네 글자를 예로 들면, '하늘 천, 땅 지, 검을 현, 누를 황'은 各各의 漢字로 이루어져 있는 것이 아니라 '天地玄黃(하늘은 검고 땅은 누렇다)'이라는 네 글자의 文章으로 이루어진 漢文이다.

   둘째, ≪千字文≫의 내용이 중국의 神話와 歷史, 그리고 文明의 탄생과 發展을 보여주고 있다. 例를 들면, '天地玄黃 宇宙洪荒(하늘은 검으며 땅은 누렇고, 우주는 넓고도 거칠다.)'의 문장처럼 네 글자가 아닌 여덟 글자가 합쳐져서 完全한 하나의

文章이 만들어진다. 이는 中國 神話 중 하늘과 땅, 宇宙가 열리는 '創世記'에 該當한다고 할 수 있다. 또, '金生麗水 玉出崑岡'는 '금은 여수 지방에서 나오고, 옥은 곤륜산에서 나온다.'는 뜻을 가진 文章으로 古代 中國의 '重要한 寶物産地'를 記錄한 것이다.9)

≪千字文≫은 일찍이 우리나라에 들어와 第一의 漢文初讀書로 사용되어 왔다. 漢文初讀書로 얼마나 愛用되었는가 하는 事實은 土地의 順序를 매길 때에도 ≪千字文≫의 글자 配列 順序에 따라 天字畓, 地字畓으로 區分하였으며 族譜의 張數도 ≪千字文≫의 順序로 表記하였다. 그리하여 漢文하면 지금도 우리들은 '하늘 천', '따 지'를 聯想할 만큼 漢文學習의 初讀書로 알려져 왔다. 그러나 初讀書라고는 하여도 그 뜻이 如干 어려운 것이 아니어서 웬만한 學者도 그 뜻을 다 把握하지 못하는 實情이다. 이 때문에 初學者들은 漢文이 아닌 漢字를 익히기 위하여 이용하는데 不過했던 것 또한 숨길 수 없는 事實이다. ≪千字文≫은 널리 익혔던 만큼 많은 板本과 筆寫本이 있는데 그 中에 宣祖 때에 石峰 韓濩가 쓴 ≪石峰千字文≫이 가장 널리 通用되었다. 그리하여 只今은 어디서나 쉽게 接할 수 있는 것이 바로 ≪石峰千字文≫이다.10)

---

9) 한정주, ≪천자문뎐≫, 포럼, 2006.

10) 성백효, ≪註解千字文≫, 전통문화연구회, 1992.

연습문제

[1~5] 다음 한자의 독음이 바른 것은?

1. 漢 : ① 모   ② 자   ③ 한   ④ 하

2. 區 : ① 품   ② 구   ③ 관   ④ 귈

3. 通 : ① 박   ② 수   ③ 침   ④ 통

4. 變 : ① 변   ② 섭   ③ 각   ④ 신

5. 制 : ① 작   ② 승   ③ 제   ④ 투

[6~10] 다음의 독음을 가진 것은?

6. 구 : ① 構   ② 洪   ③ 麗   ④ 收

7. 점 : ① 呂   ② 漸   ③ 尺   ④ 仄

8. 전 : ① 珍   ② 奈   ③ 篆   ④ 崑

9. 성 : ① 巨   ② 省   ③ 皇   ④ 岡

10. 속 : ① 劍   ② 結   ③ 屬   ④ 鱗

[11~15] 다음 한자의 뜻이 바른 것은?

11. 造 : ① 말하다   ② 잡다   ③ 만들다   ④ 나누다

12. 携 : ① 지니다   ② 고르다   ③ 끌다   ④ 희생하다

13. 範 : ① 정차　　② 이탈　　③ 수레　　④ 모범

14. 李 : ① 자두　　② 사과　　③ 복숭아　　④ 배

15. 最 : ① 새벽　　② 맵다　　③ 작다　　④ 가장

[16~20] 다음의 뜻을 가진 것은?

16. 묶다　 : ① 高　② 底　③ 約　④ 輕

17. 스승　 : ① 師　② 弟　③ 士　④ 學

18. 잘하다 : ① 能　② 解　③ 收　④ 餘

19. 떠나다 : ① 暑　② 寒　③ 離　④ 生

20. 중복　 : ① 玄　② 赤　③ 淡　④ 複

[21~25] 다음 글을 읽고 물음에 답하시오.

　㉠現在 ㉡正說로 되어 있는 ㉢漢字의 ㉣原型은 甲骨文이라고 한다. 하지만 甲骨文이 발견된 中國 河南省 殷墟지역보다 北東쪽에서 甲骨文보다 1천여 년 前의 글자로 ㉤推定되는 骨角文이 발견되었다. 둘 모두 짐승의 뼈에 새겼던 文字로서 그것을 始作으로 훗날 ㉥銅器 같은 金屬에 새긴 金文이 발전하게 되었다. 하지만 ㉦携帶의 ⓐ불편함으로 因하여 대나무 등 가벼운 物體에 글자를 새기기 ㉧始作하면서 事物의 本體만을 본뜬 글자는 漸次 漢文의 形體와 가까운 篆書로 ⓑ發展하게 되었다. 秦나라가 中國을 ⓒ최초로 統一하자 수레바퀴와 度量, 그리고 글자를 같게 하였다. 그 以前의 文字를 大篆이라 하고, 그 以後 文字를 小篆이라고 한다.

21. ㉠~㉣의 한자 표기가 바르지 **않은** 것은?

① ㉠現在　　② ㉡正說　　③ ㉢漢字　　④ ㉣原型

22. ㉤~㉧의 독음이 바르지 **않은** 것은?

① ㉤확정　② ㉥동기　③ ㉦휴대　④ ㉧시작

23. ⓐ'불편'의 '편' 자와 쓰임이 다른 한자어는?

① 便利　　　② 便安　　　③ 便宜　　　④ 便所

24. ⓑ'發展'의 훈과 음이 각각 바르게 된 것은?

① 필 발, 집 전　　　　　② 필 발, 나아갈 전

③ 나아갈 진, 나아갈 전　　④ 나아갈 진, 집 전

25. ⓒ'최초'를 한자로 써 보시오. (　　　　　　)

[26~30] 다음 글을 읽고 물음에 답하시오.

　　이 책은 일찍이 우리나라에 들어와 第一의 漢文初讀書로 사용되어 왔다. 漢文初讀書로 얼마나 ⓐ愛用되었는가 하는 ⓑ事實은 ㉢土地의 ㉣順序를 매길 때에도 ≪千字文≫의 글자 ㉤配列 순서에 따라 天字畓, 地字畓으로 ㉥區分하였으며 ㉦族譜의 ㉧張數도 ≪千字文≫의 순서로 ⓐ표기하였다. 그리하여 漢文하면 지금도 우리들은 '하늘 천', '따 지'를 ⓑ聯想할 만큼 漢文學習의 初讀書로 알려져 왔다. 그러나 初讀書라고는 하여도 그 뜻이 如干 어려운 것이 아니어서 웬만한 學者도 그 뜻을 다 把握하지 못하는 實情이다. 이 때문에 初學者들은 漢文이 아닌 漢字를 익히기 위하여 이용하는데 ⓒ불과했던 것 또한 숨길 수 없는 事實이다.

26. ㉠~㉣의 한자 표기가 바르지 **않은** 것은?

① ㉠愛用　　② ㉡事實　　③ ㉢土地　　④ ㉣順序

27. ㉤~㉧의 독음이 바르지 **않은** 것은?

① ㉤배열　　② ㉥분류　　③ ㉦족보　　④ ㉧장수

28. ⓐ'표기'의 '기' 자와 쓰임이 같은 것은?

① 自己　　② 氣像　　③ 起用　　④ 日記

29. ⓑ'聯想'의 훈과 음으로 맞는 것은?

   ① 맺을 계, 생각 산   ② 맺을 상, 생각 고

   ③ 잇다를 연, 생각 사   ④ 잇다를 연, 생각 상

30. ⓒ'불과'를 한자로 쓰시오.(   )

읽을거리

≪論語抄≫

子曰, "學而時習之, 不亦說乎. 有朋自遠方來, 不亦樂乎. 人不知而不慍, 不亦君子乎."

子曰, "吾十有五而志于學, 三十而立, 四十而不惑, 五十而知天命, 六十而耳順, 七十而從心所欲, 不踰矩."

孟懿子問孝. 子曰, "無違." 樊遲御, 子告之曰, "孟孫問孝於我, 我對曰, 無違." 樊遲曰, "何謂也?" 子曰, "生事之以禮, 死葬之以禮, 祭之以禮."

孟武伯問孝. 子曰, "父母唯其疾之憂."

子游問孝. 子曰, "今之孝者, 是謂能養. 至於犬馬, 皆能有養, 不敬, 何以別乎?"

子夏問孝. 子曰, "色難. 有事, 弟子服其勞, 有酒食, 先生饌, 曾是以爲孝乎?"

哀公問, "弟子孰爲好學?" 孔子對曰, "有顔回者好學, 不遷怒, 不貳過. 不幸短命死矣, 今也則亡, 未聞好學者也."

子曰, "三人行, 必有我師焉, 擇其善者而從之, 其不善者而改之."

子曰, "知之者不如好之者, 好之者不如樂之者."

子貢問, "師與商也孰賢?" 子曰, "師也過, 商也不及." 曰, "然則師愈與?" 子曰, "過猶不及."

顏淵問仁. 子曰, "克己復禮爲仁. 一日克己復禮, 天下歸仁焉. 爲仁由己, 而由人乎哉?" 顏淵曰, "請問其目." 子曰, "非禮勿視, 非禮勿聽, 非禮勿言, 非禮勿動." 顏淵曰, "回雖不敏, 請事斯語矣."

齊景公問政於孔子. 孔子對曰, "君君, 臣臣, 父父, 子子."

子曰, "君子求諸己, 小人求諸人"

孔子曰, "生而知之者上也, 學而知之者次也, 困而學之, 又其次也, 困而不學, 民斯爲下矣."

子貢曰, "君子亦有惡乎?" 子曰, "有惡, 惡稱人之惡者, 惡居下流而訕上者, 惡勇而無禮者, 惡果敢而窒者." 曰, "賜也亦有惡乎?" "惡徼以爲知者, 惡不孫以爲勇者, 惡訐以爲直者."

2과

한국한문학의 효시와
고전의 이해

漢
學 漢文

최치원의 계원필경 서문[桂苑筆耕序]

淮南에서 本國에 들어오면서 詔書 등을 보내는 사신을 겸한, 前 都統巡官 承務郎 侍御史 內供奉 賜 紫金魚袋 臣 崔致遠은 著述한 雜詩賦 및 表奏集 28卷을 올립니다. 그 具體的인 內容은 다음과 같습니다.

> 私試今體賦 5首 1권, 五言七言今體詩 100首 1卷, 雜詩賦 30首 1卷, 《中山覆簀集》
> 1部 5卷, 《桂苑筆耕集》 1部 20卷

臣은 12세 나이에 집을 나와 中國으로 건너갔는데, 배를 타고 떠날 즈음에 亡父가 訓戒하기를 "앞으로 10年 안에 進士에 及第하지 못하면 나의 아들이라고 말하지 말아라. 나도 아들을 두었다고 말하지 않을 것이다. 가서 부지런히 工夫에 힘을 기울여라."라고 했습니다. 臣이 嚴한 가르침을 가슴에 새겨 敢히 忘却하지 않고서 겨를 없이 懸頭刺股하며 養志에 걸맞게 되기를 所望했습니다. 그래서 實로 人百己千의 노력을 한 끝에 中國의 文物을 본 지 6年 만에 科擧 及第者의 名單 끝에 이름을 걸게 되었습니다.

當時 情性을 노래하여 읊고 事物에 뜻을 부쳐 한 편씩 지으면서 賦라 하고 詩라한 것들이 箱子를 가득 채우고 남을 정도가 되었습니다만, 이것들은 童子가 篆刻하는 것과 같아 壯夫에게는 부끄러운 일이라서 及其也 猥濫되게 得魚하고 나서는

모두 棄物로 여겼습니다. 그러다가 뒤이어 洛陽에 流浪하며 붓으로 먹고살게 되어서는 마침내 賦 5首, 詩 100首, 雜詩賦 30首 等을 지어 모두 3篇을 이루게 되었습니다.(後略)[11]

---

11) 崔致遠 著, 이상현 옮김, ≪桂苑筆耕集≫, 한국고전번역원, 2009.

고전은 사실이 아닌
지혜를 보여 준다

只今부터 略 200年 前 獨逸의 한 작은 도시에서 호메로스(Homeros)[12]의 이야기에 魅了된 少年이 태어났다. 그 少年이 바로 하인리히 슐리만(Heinrich Schlimann, 1822-1890)이다. 그는 傳說 속에나 存在한다고 여겨진 트로이(Troy)[13]를 發掘해서 世上을 놀라게 했다. 그런데 아직도 一部 사람들은 호메로스가 거짓 人物이라고 疑心한다. 獨逸의 古典語學者 프리드리히 아우구스트 볼프(Friedrich August Wolf, 1759-1854)는 1795년에 <호메로스에 관한 疑問 Homeros question>이라는 글을 發表해서 ≪일리아드≫와 ≪오디세이≫는 호메로스의 作品이 아니라고 主張하기도 했다.

그 後에도 멕시코 大學의 數學者 리키르도 맨실라(Ricardo Mancilla)와 言語學者 에드워드 부시(Edward Bush)가 ≪일리아드≫와 ≪오디세이≫를 分析해보고 나서 두 敍事詩가 다른 사람에 의해 지어졌다고 말했다. 더욱이 ≪오디세이≫는 한 사람이 아닌 여러 사람이 쓴 詩를 짜깁기한 作品일 가능성이 크다는 結論을 내렸다. 그들은 "≪일리아드≫가 全般 作品에 걸쳐 놀라울 程度의 韻律을 보이는데 비해

---

12) 호메로스 [Homeros, BC 800?~BC 750] 서사시 ≪Ilias≫와 ≪Odysseia)≫의 작자. ≪일리아스≫는 1만 5693행(行), ≪오디세이아≫는 1만 2110행의 장편 서사시이며, 각각 24권으로 되어 있다. 두 서사시는 고대 그리스의 국민적 서사시로, 그 후의 문학·교육·사고(思考)에 큰 영향을 끼쳤고, 로마제국과 그 후 서사시의 규범이 되었다고 한다.

13) 트로야·트로이라고도 한다. 호메로스 ≪일리아스≫ ≪오디세이아≫에서는 '일리오스'라고 불렸다. 스카만드로스 강과 시모이스강이 흐르는 평야에 있는 나지막한 언덕(근대에 와서는 히살리크라고 불렸다)에 있다.

≪오디세이≫는 不規則하다"며, 두 作品이 다른 사람에 의해 쓰인 것으로 結論을 지었다.

그러나 美國 위스콘신대학의 배리 파월은 "單純한 韻律만으로 古典을 分析하는 것은 意味가 없다. ≪일리아드≫와 ≪오디세이≫가 모두 트로이戰爭을 다루고 있지만, 重複되는 內容이 거의 없기 때문에 짜깁기한 疑惑이 얼마나 說得力이 있는지 알 수 없다"고 말했다. 그는 "사람의 話法은 境遇에 따라 그리고 그 사람의 그날의 몸 狀態, 記憶力, 나이에 따라 바뀔 수 있기 때문에 現代 科學으로 分析하는 것은 不可能하다"고 말했다.

그런데 古典이 사실인지 거짓인지, 그리고 그 作家의 作品에 맞는지를 살피는 것이 흥밋거리일지는 모르겠지만, 내가 보기에는 뭔가 이야기가 삼천포로 빠지는 것 같다. 古典의 著者가 누구인지를 밝히는 것은 古典이 傳하는 참다운 眞理나 智慧를 무시하고 눈에 보이는 事實만을 찾는 行爲라는 생각을 지울 수 없기 때문이다. 한마디로 나무는 보지만 숲을 보지 못하는 바보스러운 짓이다.

(中略) 오늘날도 아니고 몇 백 년, 심지어 몇 천 년 전에 쓰인 고전을 읽는 데 오늘날의 기준을 들이대는 것은 어불성설이다. 아무리 현대 물질문명의 단위법이나 과학적인 분석법을 동원해도 고전이 전하는 진리나 지혜는 접근할 수 없다. 그저 사실에만 다가가는 것인데 이 사실이라는 것은 언제든지 변할 수 있는 것이다. 이에 비해 고전이 전하는 진리는 시공을 초월해서 우리가 영원히 찾아야 하는 지혜를 이야기하고 있다.(後略)[14]

---

14) 이서규, ≪고전의 숲에서 지혜를 찾다≫, 평단문화사, 2009.

[1~5] 다음 한자의 독음이 바른 것은?

1. 詔 : ① 고　② 언　③ 양　④ 조

2. 述 : ① 야　② 술　③ 후　④ 도

3. 戒 : ① 계　② 훈　③ 상　④ 처

4. 嚴 : ① 최　② 엄　③ 홍　④ 신

5. 却 : ① 고　② 려　③ 마　④ 각

[6~10] 다음의 독음을 가진 것은?

6. 감 : ① 制　② 臣　③ 敢　④ 羔

7. 자 : ① 歸　② 刺　③ 垂　④ 章

8. 망 : ① 望　② 服　③ 衣　④ 裳

9. 물 : ① 弔　② 民　③ 物　④ 始

10. 당 : ① 周　② 當　③ 殷　④ 湯

[11~15] 다음 한자의 뜻이 바른 것은?

11. 略 : ① 그냥　　② 입다　　③ 도망가다　　④ 대략

12. 表 : ① 힘입다　　② 챙기다　　③ 떠나다　　④ 드러나다

13. 敍 : ① 피부   ② 비끼다   ③ 차례대로   ④ 그리다
14. 味 : ① 입   ② 미처   ③ 누르다   ④ 맛
15. 單 : ① 가르치다 ② 홑   ③ 작품   ④ 밀리다

[16~20] 다음의 뜻을 가진 것은?

16. 대신하다 : ① 豈   ② 敢   ③ 代   ④ 傷
17. 설명하다 : ① 坐   ② 說   ③ 問   ④ 道
18. 뿌리   : ① 蓋   ② 此   ③ 根   ④ 遇
19. 진실   : ① 眞   ② 壹   ③ 遏   ④ 體
20. 돼지   : ① 鳴   ② 鳳   ③ 彘   ④ 樹

[21~25] 다음 글을 읽고 물음에 답하시오.

臣은 12세 나이에 집을 나와 中國으로 건너갔는데, 배를 타고 떠날 즈음에 ㉠亡父가 ㉡訓戒하기를 "앞으로 10年 안에 ㉢進士에 ㉣及弟하지 못하면 나의 아들이라고 말하지 말아라. 나도 아들을 두었다고 말하지 않을 것이다. 가서 부지런히 ⓐ공부에 힘을 기울여라."라고 했습니다. 臣이 嚴한 가르침을 가슴에 새겨 敢히 ㉤忘却하지 않고서 겨를 없이 ⓑ懸頭刺股하며 ㉥養志에 걸맞게 되기를 ㉦所望했습니다. 그래서 實로 人百己千의 노력을 한 끝에 中國의 ◎文物을 본 지 6年 만에 ⓒ과거 급제자의 名單 끝에 이름을 걸게 되었습니다.

21. ㉠~㉣의 한자 표기가 바르지 **않은** 것은?
① ㉠亡父   ② ㉡訓戒   ③ ㉢進士   ④ ㉣及弟

22. ㉤~◎의 독음이 바르지 **않은** 것은?
① ㉤망각   ② ㉥식지   ③ ㉦소망   ④ ◎문물

23. ⓐ'공부'를 한자로 써 보시오. (   )

24. ⓑ'懸頭刺股'의 뜻으로 바른 것은?

① 허벅지를 베어 봉양함
② 머리카락을 매달고 허벅지를 찌름
③ 먹던 것을 뱉고 감고 있던 머리를 거머쥠
④ 머리와 꼬리를 잘라버림

25. ⓒ'과거'를 바르게 쓴 것은?

① 過去   ② 過擧   ③ 科學   ④ 科居

[26~30] 다음 글을 읽고 물음에 답하시오.

ⓐ오늘날도 아니고 몇 百 年, ㉠甚至於 몇 千 年 전에 쓰인 ㉡古典을 읽는 데 오늘날의 ㉢基準을 들이대는 것은 ⓑ語不成說이다. 아무리 현대 ㉣牧質文明의 ㉤單位法이나 ㉥科學的인 ㉦分析法을 ㉧動員해도 古典이 傳하는 眞理나 智慧는 接近할 수 없다. 그저 事實에만 다가가는 것인데 이 事實이라는 것은 언제든지 變할 수 있는 것이다. 이에 比해 古典이 傳하는 ⓒ진리는 時空을 超越해서 우리가 永遠히 찾아야 하는 智慧를 이야기하고 있다.

26. ㉠~㉣의 한자 표기가 바르지 **않은** 것은?

① ㉠甚至於   ② ㉡古典   ③ ㉢基準   ④ ㉣牧質

27. ㉤~㉧의 독음이 바르지 **않은** 것은?

① ㉤단위   ② ㉥사학   ③ ㉦분석   ④ ㉧동원

28. ⓐ'오늘날'을 한자로 바르게 쓴 것은?

① 明日   ② 來日   ③ 昨日   ④ 今日

29. ⓑ'語不成說'의 뜻으로 바른 것은?

① 말이 행동으로 실천됨
② 말이 이치에 맞지 않음
③ 예측한 말이 이루어지지 않음
④ 말과 행동이 어긋남

30. ⓒ'진리'를 한자로 쓰시오. (   )

읽을거리

≪孟子抄≫

孟子見梁惠王, 王曰, "叟, 不遠千里而來, 亦將有以利吾國乎?" 孟子對曰, "王, 何必曰利? 亦有仁義而已矣. 王曰, '何以利吾國' 大夫曰, '何以利吾家' 士庶人曰, '何以利吾身' 上下交征利, 而國危矣. 萬乘之國, 弑其君者, 必千乘之家, 千乘之國, 弑其君者, 必百乘之家, 萬取千焉, 千取百焉, 不爲不多矣. 苟爲後義而先利, 不奪, 不饜. 未有仁而遺其親者也, 未有義而後其君者也 王, 亦曰仁義而已矣, 何必曰利"

孟子曰, "人皆有不忍人之心. 先王有不忍人之心, 斯有不忍人之政矣. 以不忍人之心, 行不忍人之政, 治天下可運於掌上. 所以謂人皆有不忍人之心者, 今人乍見孺子將入於井, 皆有怵惕惻隱之心, 非所以內交於孺子之父母也, 非所以要譽於鄉黨朋友也, 非惡其聲而然也 由是觀之, 無惻隱之心, 非人也, 無羞惡之心, 非人也, 無辭讓之心, 非人也, 無是非之心, 非人也. 惻隱之心, 仁之端也, 羞惡之心, 義之端也, 辭讓之心, 禮之端也, 是非之心, 智之端也 人之有是四端也, 猶其有四體也 有是四端而自謂不能者, 自賊者也, 謂其君不能者, 賊其君者也 凡有四端於我者, 知皆擴而充之矣, 若火之始然, 泉之始達. 苟能充之, 足以保四海, 苟不充之, 不足以事父母."

必有事焉而勿正, 心勿忘, 勿助長也. 無若宋人然. 宋人, 有閔其苗之不長而揠之者, 芒芒然歸, 謂其人曰,'今日, 病矣. 予助苗長矣.'其子趨而往視之, 苗則槁矣. 天下之不助苗長者寡矣. 以爲無益而舍之者, 不耘苗者也. 助之長者, 揠苗者也. 非徒無益, 而又害之

孟子謂高子曰, "山徑之蹊間, 介然用之而成路, 爲間不用, 則茅塞之矣. 今, 茅塞子之心矣."

孟子曰, "君子有三樂, 而王天下不與存焉. 父母俱存, 兄弟無故, 一樂也. 仰不愧於天, 俯不怍於人, 二樂也. 得天下英才而敎育之, 三樂也. 君子有三樂, 而王天下不與存焉.

3과

장자와 현대적
이해

장자초

매미와 비둘기가 그를 비웃으며 말했다. "우리는 있는 힘껏 날아올라야 느릅나무나 다목나무 가지에 머무르지만, 때로 거기에도 이르지 못해서 땅에 내동댕이쳐진다. 그런데 어째서 9萬 里나 올라가 南쪽으로 가려고 하는가.

郊外의 들판에 나가는 사람은 세 끼니의 食事만으로 돌아와도 배가 부르지만 1百 里 길을 가는 사람은 하룻밤 걸려 穀食을 찧어야 하고, 1千 里 길을 가는 사람은 3個月 동안 食量을 모아 準備해야 한다. 이 조그만 날짐승들이 또한 어떻게 大鵬의 飛翔을 알겠는가. 작은 智慧는 큰 智慧에 이르지 못하고, 짧은 壽命은 긴 壽命에 미치지 못한다. 어떻게 그렇다는 것을 알겠는가. 朝菌은 밤과 새벽을 모르고 씽씽매미는 봄과 가을을 모른다. 이것이 짧은 壽命이다.

楚나라 남쪽에 冥靈이라는 나무가 있다. 5百 年 동안은 봄이고 또 5百 年 동안은 가을이다. 아득한 옛날 大椿이라는 나무가 있었다. 8千 年 동안은 봄이고 또 8千 年 동안은 가을이었다. 그런데 只今 겨우 7百 年 산 彭祖는 長壽한 사람으로 아주 有名하여 世上 사람들이 이에 견주려 한다. 이 어찌 슬픈 일이 아니겠는가.
-<逍遙遊>

精神과 마음을 한쪽에 치우치려 勞力하면서도 모든 것이 하나임을 알지 못한다. 그것을 朝三이라고 한다. 朝三이란 무엇인가. 원숭이를 다루는 사람이 원숭이들에게 상수리를 주며 '아침에 세 개 저녁에 네 개[朝三暮四]'했더니 원숭이들이 화를 냈다. 그래서 '아침에 네 개 저녁에 세 개.'라고 하자 원숭이들이 모두 좋아했다. 名實도 變한 것이 없는데 喜怒가 일게 되었다. 역시 自然 그대로의 커다란 肯定에 몸을 맡기고 있어야 한다. 그러므로 聖人은 是非를 調和시키고 自然의 均衡에서 쉰다. 이것을 兩行이라고 한다. -<齊物論>

언제인가 莊周는 나비가 된 꿈을 꾸었다. 훨훨 날아다니는 나비가 된 채 愉快하게 즐기면서도 自己가 莊周라는 것을 깨닫지 못했다. 문득 깨어 보니 틀림없는 莊周가 아닌가. 도대체 莊周 꿈에 나비가 되었을까, 아니면 나비가 꿈에 莊周가 된 것일까? 莊周와 나비에는 반드시 區別이 있다. 이러한 변화를 物化라고 한다. -<齊物論>

莊子가 惠子와 함께 濠水가에서 놀고 있었다. 莊子와 惠子는 다음과 같이 대화를 하였다. "피라미들이 한가롭게 헤엄치고 있으니, 이게 바로 물고기의 즐거움이로구나."라고 하니, 惠子가, "당신은 물고기가 아닌데 어떻게 물고기의 즐거움을 안단 말이오.", "당신은 내가 아닌데 어떻게 물고기의 즐거움을 알지 못한다는 사실을 압니까?", "나는 당신이 아니니까 당신이 물고기의 즐거움을 알지 못한다는 게 확실하오.", "처음 質問으로 돌아가 봅시다. 당신은 '어떻게 당신이 물고기의 즐거움을 압니까?'라고 했지만, 이미 그것은 내가 안다는 것을 알고서 내게 물은 거요. 나는 호수 가에서 물고기의 즐거움을 알았단 말이오."15) -<秋水>

---

15) 莊周 著, 안동림 옮김, ≪莊子≫, 현암사, 1993.

장자 사상의
현대적 이해

　莊子의 이름은 周, 字는 子休이다. 그의 生存 年代는 現代의 學者 馬敍倫의 考證
을 따르면 紀元前 370~300년경이었으리라고 한다. 時代로 보아 孔子보다 약 150
年 뒤지고 孟子와는 거의 同 年代의 若干 後輩가 되는 셈이다.

　莊子의 行蹟에 대해서는 仔細히 알 길이 없다. 出生地가 宋나라 蒙 땅이며, 아내
가 있었고 몇 명의 弟子를 거느렸으며, 같은 宋나라 사람으로 魏나라 宰相이 된 惠
施와 가까웠던 점 등은 大體로 確實한 것 같다. 그 밖에 그의 出身과 經歷이 어떠
했으며 어떤 生活을 했는지는 具體的으로 알지 못한다.

　現在 남아 있는 가장 오래된 莊周의 傳記 記錄은 紀元前 1世紀, 莊周가 죽은 지
200년쯤 뒤에 쓴 司馬遷의 ≪史記≫<莊周列傳>이 있을 뿐이다. (中略) 일찍이 司
馬遷은 ≪史記≫에서 "그의 學問은 살펴 이르지 않음이 없으나 要點은 老子의 말
에 歸結된다."고 하였다. 하기는 같은 思想 系列에 속하므로, 老子·莊子를 한데
묶어 道家思想, 老莊思想이라고 一括하여 말하기는 하지만, 兩者 間에는 몇 가지
뚜렷한 差異가 있다는 점을 注意할 必要가 있다.

　老子 思想의 根柢는 '處世保民'에 놓여 있으면서도 아직 政治에 대한 積極的 意
慾이 나타나 政治的 理想人으로서의 '聖人'이 등장하지만, 莊子에서는 許由가 나
라를 물려주겠다는 堯임금의 提議를 拒絶하는 이야기에도 보이듯이, 天下에 대한
魅力이 否定되고 따라서 老子의 '聖人'의 槪念이 '至人', '神人', '眞人' 같은 主體

的 個人의 性格을 지닌 槪念으로 바뀌고 있다.

老子는 '道'에 대해 天地 萬物의 根源으로서의 靜的實在라고 여기지만, 莊子는 時時刻刻으로 變化하는 流轉 그 自體로 생각한다. 따라서 老子는 '太古의 根에 復歸한다.'고 생각하고, 莊子는 '現在 있는 그대로의 化에 탄다.'고 强調한다.[16]

---

16) 안동림 역주, ≪莊子≫, 현암사, 1993.

연습문제

[1~5] 다음 한자의 독음이 바른 것은?

1. 莊 : ① 막　　② 모　　③ 장　　④ 삭

2. 周 : ① 습　　② 주　　③ 효　　④ 과

3. 郊 : ① 외　　② 교　　③ 천　　④ 선

4. 冥 : ① 염　　② 담　　③ 설　　④ 명

5. 壽 : ① 함　　② 수　　③ 복　　④ 부

[6~10] 다음의 독음을 가진 것은?

6. 팽 : ① 特　　② 彭　　③ 祚　　④ 寺

7. 춘 : ① 紙　　② 筆　　③ 椿　　④ 墨

8. 노 : ① 景　　② 勞　　③ 讀　　④ 維

9. 균 : ① 端　　② 形　　③ 表　　④ 菌

10. 자 : ① 因　　② 緣　　③ 自　　④ 聲

[11~15] 다음 한자의 뜻이 바른 것은?

11. 衡 : ① 바쁘다　　② 잊다　　③ 꾸짖다　　④ 같다

12. 暮 : ① 가지다　　② 어둡다　　③ 틀리다　　④ 물들다

13. 肯 : ① 작다　　② 아니다　　③ 다르다　　④ 기꺼이

14. 均 : ① 경사　　② 고르다　　③ 토양　　④ 어긋나다

15. 是 : ① 옳다　　② 그물　　③ 잇다　　④바쁘다

[16~20] 다음의 뜻을 가진 것은?

16. 은혜　　: ① 尺　　② 璧　　③ 非　　④ 惠

17. 기쁘다　: ① 寸　　② 快　　③ 時　　④ 競

18. 되다　　: ① 化　　② 欲　　③ 量　　④ 難

19. 굳다　　: ① 德　　② 建　　③ 確　　④ 譽

20. 고요하다 : ① 靜　　② 精　　③ 溫　　④ 孤

[21~25] 다음 글을 읽고 물음에 답하시오.

　　㉠正神과 ⓐ마음을 한쪽에 치우치려 ㉡努力하면서도 모든 것이 하나임을 알지 못한다. 그것을 조삼이라고 한다. 조삼이란 무엇인가. 원숭이를 다루는 사람이 원숭이들에게 상수리를 주며 '아침에 세 개 저녁에 네 개했더니 원숭이들이 화를 냈다. 그래서 '아침에 네 개 저녁에 세 개.'라고 하자 원숭이들이 모두 좋아했다. ㉢名實도 變한 것이 없는데 ㉣喜怒가 일게 되었다. 역시 ⓑ자연 그대로의 커다란 ⓒ肯定에 몸을 맡기고 있어야 한다.

21. ㉠~㉣의 한자 표기가 바르지 **않은** 것은?

① ㉠正神　　② ㉡努力　　③ ㉢名實　　④ ㉣喜怒

22. ⓐ'마음'을 한자로 바르게 쓴 것은?

① 身　　　② 首　　　③ 心　　　④ 足

23. ⓑ'자연'의 '연' 자와 쓰임이 같은 한자어는?

① 燕巖　　② 硯池　　③ 連續　　④ 偶然

24. ⓒ'肯定'의 훈과 음으로 바른 것은?

① 즐길 긍, 정할 정　　　　　② 아닐 부, 정할 정

③ 즐길 긍, 바를 정　　　　　④ 아닐 부, 바를 정

25. 위의 글과 관련된 고사성어는?

① 朝令暮改　　② 花朝月夕　　③ 朝三暮四　　④ 胡蝶之夢

[26~30] 다음 글을 읽고 물음에 답하시오

　　㉠現在 남아 있는 ⓐ가장 오래된 莊周의 ㉡傳奇 ㉢記錄은 紀元前 1㉣世紀, 莊周가 죽은 지 200년쯤 뒤에 쓴 司馬遷의 《史記》<莊周列傳>이 있을 뿐이다. (中略) 일찍이 司馬遷은 《史記》에서 "그의 ㉤學問은 살펴 이르지 않음이 없으나 ㉥要點은 老子의 말에 ㉦歸結된다."고 하였다. 하기는 같은 ㉧思想 系列에 속하므로, 老子·莊子를 한데 묶어 道家思想, 老莊思想이라고 일괄하여 말하기는 하지만, 兩者 間에는 몇 가지 뚜렷한 ⓑ차이가 있다는 점을 ⓒ主意할 필요가 있다.

26. ㉠~㉣의 한자 표기가 바르지 **않은** 것은?

① ㉠現在　　② ㉡傳奇　　③ ㉢記錄　　④ ㉣世紀

27. ㉤~㉧의 독음이 바르지 **않은** 것은??

① 학문　　　② 요점　　　③ 귀착　　　④ 사상

28. ⓐ'가장'의 뜻을 가진 한자는?

① 底　　　　② 左　　　　③ 最　　　　④ 推

29. ⓑ'차이'의 '이' 자와 쓰임이 같은 한자는?

① 理想　　　② 利子　　　③ 容易　　　④ 怪異

30. ⓒ의 '주의'를 한자로 쓰시오.(　　　　　　)

≪老子抄≫

　道可道, 非常道, 名可名, 非常名. 無, 名天地之始, 有, 名萬物之母. 故常無欲, 以觀其妙, 常有欲, 以觀其徼. 此兩者, 同出而異名, 同謂之玄, 玄之又玄, 衆妙之門.

　天下皆知美之爲美, 斯惡已, 皆知善之爲善, 斯不善已. 故有無相生, 難易相成, 長短相較, 高下相傾, 音聲相和, 前後相隨. 是以聖人處無爲之事, 行不言之敎, 萬物作焉而不辭, 生而不有, 爲而不恃, 功成而弗居. 夫唯弗居, 是以不去.

　上善若水. 水善利萬物而不爭, 處衆人之所惡, 故幾於道. 居善地, 心善淵, 與善仁, 言善信, 正善治, 事善能, 動善時. 夫唯不爭, 故無尤.

≪莊子抄≫

蜩與鸒鳩笑之曰, 我決起而飛, 槍楡枋. 時則不至. 而控於地而已矣, 奚以之九萬里而南爲. 適莽蒼者三湌而反, 腹猶果然. 適百里者宿舂糧. 適千里者三月聚糧. 之二蟲又何知. 小知不及大知, 小年不及大年. 奚以知其然也 朝菌不知晦朔, 蟪蛄不知春秋, 此小年也 楚之南有冥靈者, 以五百歲爲春, 五百歲爲秋 上古有大椿者, 以八千歲爲春, 八千歲爲秋, 此大年也 而彭祖乃今以久特聞, 衆人匹之, 不亦悲乎!

-<逍遙遊>

昔者, 莊周夢爲胡蝶, 栩栩然胡蝶也, 自喩適志與, 不知周也. 俄然覺, 則蘧蘧然周也. 不知周之夢爲胡蝶, 胡蝶之夢爲周與? 周與胡蝶, 則必有分矣. 此之謂物化

-<齊物論>

4과

슬견설과
이규보

슬견설

어떤 客이 내게 다음과 같이 말했다.

"어제 저녁에 어떤 불량한 자가 큰 몽둥이로 돌아다니는 개를 쳐 죽이는 것을 보았는데, 그 光景이 너무 悲慘하여 아픈 마음을 禁할 수가 없었네. 그래서 이제부터는 맹세코 개나 돼지고기를 먹지 않을 것이네."

내가 다음과 같이 응했다.

"어제 어떤 사람이 불이 이글이글한 火爐를 끼고 이[虱]를 잡아 태워 죽이는 것을 보고 나는 아픈 마음을 禁할 수 없었네. 그래서 맹세코 다시는 이를 잡지 않을 것이네."

客은 失望한 態度로 다음과 같이 말했다.

"이는 微物이 아닌가? 내가 큰 物件이 죽는 것을 보고 悲慘한 생각이 들기에 말한 것인데, 그대가 이런 말로 對應하니 이는 나를 놀리는 것이 아닌가?"

내가,

"무릇 血氣가 있는 것은 사람으로부터 소·말·돼지·양·곤충·개미에 이르기까지 삶을 원하고 죽음을 싫어하는 마음은 同一한 것이네. 어찌 큰 것만 죽음을 싫어하고 작은 것은 그렇지 않겠는가? 그렇다면 개와 이의 죽음은 同一한 것이네. 그래서 그것을 들어 適切한 對應으로 삼은 것이지, 무엇하러 놀리는 말을 하겠는가? 그대가 나의 말을 믿지 못하거든 그대의 열 손가락을 깨물어 보게나. 엄지손가락

만 아프고 그 나머지는 아프지 않겠는가? 한 몸에 있는 것은 大小 支節을 莫論하고 모두 血肉이 있기 때문에 그 아픔이 同一한 것일세. 더구나 各其 氣息을 稟受한 것인데, 어찌 저것은 죽음을 싫어하고 이것은 죽음을 좋아할 리 있겠는가? 그대는 물러가서 눈을 감고서 고요히 생각해 보게나. 그리하여 달팽이 뿔을 쇠뿔과 같이 보고, 메추리를 큰 붕새처럼 동일하게 보게나. 그런 뒤에야 내가 그대와 더불어 道를 말하겠네." 하였다.[17]

---

17) 李奎報 著, 김동주 옮김, ≪東國李相國集≫, 卷21, 한국고전번역원, 1987.

고려의 대문장가
이규보

李奎報(1168~1241)는 自身의 文集인 ≪東國李相國集≫에 2,086首의 韻文을 남기고 있다. 그가 政治的 混亂期와 文藝的 中興期로 相反되게 評價되고 있는 高麗 中葉의 社會, 文化構造 속에서 知識人으로서 現實과 正面으로 부딪치며 살아갔기 때문에 그의 삶 또한 起伏이 深했던 것으로 斟酌된다.

그러므로 그가 當代에 보였던 處世 樣相에 대한 後人들의 評價도 엇갈리기 마련이다. 執權勢力이었던 武人들을 擁護하고, 文學作品을 通하여 武人들의 文藝意識을 忠實히 反映한 人物이라고 評價받기도 하며, 한편으로는 當代의 不條理한 現實에 參與하면서도 道德的 廉潔性과 節操를 잃지 않았던 人物로 일컬어지기도 한다.

이러한 相反된 評價에 대한 眞僞는, 窮極的으로 그가 남겨놓은 作品의 意味解釋과 分析에 의해 究明될 것이다.

그가 이같이 難解한 時代를 살아가면서 文人으로서 쌓은 業績은 결코 가볍게 보기는 어렵다. 이러한 事實은 우리나라 漢詩史의 脈絡에서 본다면 그가 우리나라의 最初의 詩人으로 看做될 만큼 文學의 本質問題와 文藝理論의 探索에 크게 苦心함으로써 우리 文學의 새로운 地平을 열었다는 점에서 理解될 수 있을 것이다.

李奎報의 文學作品이 담고 있는 內容은 多樣하면서도 深大한 價値를 지니고 있다. 그가 詩作에 나타내고 있는 主題들은 現實的 問題와의 交涉속에서 빚어지는 葛藤과 苦惱에서부터 宇宙 萬物의 한 構成體인 微物에 대한 觀察과 愛情의 表明에 이르기까지 多樣하게 構成되어 있어 自身의 周圍와 世界에 대해서 溫情的 感覺과 銳利한 視角을 잃지 않고 있다.

그의 作品에 나타나고 있는 主題 가운데서 우리가 注目할 수 있는 것은 두 가지로 壓縮되는데, 하나는 社會 現實에 대한 것이고, 또 하나는 自然에 대한 認識의 問題이다. 社會現實에 대한 關心은 當代의 武人執權 아래에서 억눌려 지내던 被支配 階層인 民草들의 삶에 대한 그의 認識 如何에 焦點을 맞춘 것이다. 우리는 이로부터 그가 當代의 現實을 어떻게 認識하며 對應해 나갔던가를 究明해 낼 수 있다.[18]

[1~5] 다음 한자의 독음이 바른 것은?

1. 悲 : ① 매　② 비　③ 자　④ 료

2. 慘 : ① 운　② 명　③ 참　④ 임

3. 光 : ① 공　② 사　③ 대　④ 광

4. 景 : ① 경　② 서　③ 마　④ 실

5. 禁 : ① 하　② 우　③ 금　④ 열

[6~10] 다음의 독음을 가진 것은?

6. 실 : ① 孝　② 當　③ 失　④ 與

7. 로 : ① 爐　② 籍　③ 事　④ 君

8. 미 : ① 名　② 忠　③ 則　④ 微

9. 적 : ① 命　② 適　③ 若　④ 思

10. 절 : ① 切　② 詠　③ 定　④ 宜

[11~15] 다음 한자의 뜻이 바른 것은?

11. 應 : ① 말하다　② 잡다　③ 잡다　④ 응답하다

12. 血 : ① 그릇　② 음악　③ 피　④ 향기

13. 息 : ① 먹다　　② 숨쉬다　　③ 피하다　　④ 잠기다

14. 受 : ① 주다　　② 잡다　　③ 받다　　④ 캐다

15. 稟 : ① 짜다　　② 밟다　　③ 싱겁다　　④ 내려주다

[16~20] 다음의 뜻을 가진 것은?

16. 예술　　: ① 穢　　② 藝　　③ 紋　　④ 澄

17. 가치　　: ① 價　　② 賣　　③ 買　　④ 菊

18. 보다　　: ① 因　　② 看　　③ 要　　④ 博

19. 깨끗하다 : ① 決　　② 剩　　③ 潔　　④ 背

20. 잇다　　: ① 簡　　② 嚴　　③ 好　　④ 速

[21~25] 다음 글을 읽고 물음에 답하시오.

　　어떤 客이 내게 다음과 같이 말했다. "어제 ⓐ저녁에 어떤 不良한 자가 큰 몽둥이로 돌아다니는 개를 쳐 죽이는 것을 보았는데, 그 ㉠光景이 너무 ㉡悲慘하여 아픈 마음을 禁할 수가 없었네. 그래서 이제부터는 맹세코 개나 돼지고기를 먹지 않을 것이네." 내가 다음과 같이 응했다. "어제 어떤 사람이 불이 이글이글한 ㉢火爐를 끼고 이[虱]를 잡아 태워 죽이는 것을 보고 나는 아픈 마음을 禁할 수 없었네. 그래서 맹세코 다시는 이를 잡지 않을 것이네." 客은 ㉣失亡한 ⓑ態度로 다음과 같이 말했다. "이는 ⓒ미물이 아닌가? 내가 큰 物件이 죽는 것을 보고 비참한 생각이 들기에 말한 것인데, 그대가 이런 말로 ⓓ대응하니 이는 나를 놀리는 것이 아닌가?"

21. ㉠~㉣의 한자 표기가 바르지 **않은** 것은?

① ㉠光景　　② ㉡悲慘　　③ ㉢火爐　　④ ㉣失亡

22. ⓐ'저녁'을 한자로 바르게 쓴 것은?

① 朝　　② 午　　③ 昔　　④ 夕

23. ⓑ'態度'의 '度' 자와 쓰임이 다른 한자는?

　① 尺度　　　② 度量　　　③ 度心　　　④ 度量

24. ⓒ'미물'의 '미' 자와 쓰임이 같은 한자는?

　① 迷道　　　② 味感　　　③ 美人　　　④ 微笑

25. ⓓ'대응'을 한자로 써 보시오. (　　　　　　)

[26~30] 다음 글을 읽고 물음에 답하시오.

　　그의 ㉠作品에 나타나고 있는 ㉡主題 가운데서 우리가 ㉢主目할 수 있는 것은 두 가지로 ㉣壓縮되는데, 하나는 ㉤社會 ㉥現實에 대한 것이고, 또 하나는 自然에 대한 ⓐ인식의 問題이다. 社會現實에 대한 ㉦關心은 ㉧當代의 武人執權 아래에서 억눌려 지내던 被支配階層인 民草들의 삶에 대한 그의 認識 ⓑ如何에 焦點을 맞춘 것이다. 우리는 이로부터 그가 當代의 現實을 어떻게 認識하며 對應해 나갔던가를 ⓒ구명해 낼 수 있다.

26. ㉠~㉣의 한자 표기가 바르지 **않은** 것은?

　① ㉠作品　　② ㉡主題　　③ ㉢主目　　④ ㉣壓縮

27.　㉤~㉧의 독음이 바르지 **않은** 것은?

　① ㉤사회　　② ㉥현실　　③ ㉦관심　　④ ㉧당대

28. ⓐ'인식'의 '인' 자와 쓰임이 같은 것는?

　① 忍耐　　　② 認知　　　③ 人間　　　④ 引用

29. ⓑ'如何'의 뜻을 써 보시오.(　　　　　　)

30. ⓒ'구명'을 한자로 쓰시오.(　　　　　　)

<蝨犬說>-李奎報

　客有謂予曰, "昨晚見一不逞男子以大棒子椎遊犬而殺者, 勢甚可哀, 不能無痛心, 自是誓不食犬豕之肉矣." 予應之曰, "昨見有人擁燼爐捫蝨而烘者, 予不能無痛心, 自誓不復捫蝨矣." 客憮然曰, "蝨微物也, 吾見厖然大物之死, 有可哀者故言之, 子以此爲對, 豈欺我耶."

　予曰, "凡有血氣者, 自黔首至于牛馬猪羊昆蟲螻蟻. 其貪生惡死之心, 未始不同, 豈大者獨惡死, 而小則不爾耶. 然則犬與蝨之死一也. 故擧以爲的對, 豈故相欺耶. 子不信之, 盍齕爾之十指乎, 獨拇指痛, 而餘則否乎, 在一體之中, 無大小支節, 均有血肉, 故其痛則同, 況各受氣息者, 安有彼之惡死而此之樂乎. 子退焉, 冥心靜慮, 視蝸角如牛角, 齊斥鷃爲大鵬, 然後吾方與之語道矣."19)

19) 李奎報, ≪東國李相國集≫, 卷21.

\<借馬說\>-李穀

余家貧無馬. 或借而乘之, 得駑且瘦者, 事雖急, 不敢加策, 兢兢然若將蹶躓, 值溝塹則下. 故鮮有悔. 得蹄高耳銳駿且駃者, 陽陽然肆志, 着鞭縱靶, 平視陵谷, 甚可快也. 然或未免危墜之患. 噫. 人情之移易一至此邪. 借物以備一朝之用, 尙猶如此, 況其眞有者乎.

然人之所有, 孰爲不借者. 君借力於民以尊富, 臣借勢於君以寵貴, 子之於父, 婦之於夫, 婢僕之於主, 其所借亦深且多, 率以爲己有, 而終莫之省, 豈非惑也. 苟或須臾之頃, 還其所借, 則萬邦之君爲獨夫, 百乘之家爲孤臣, 況微者邪. 孟子曰, 久假而不歸, 烏知其非有也. 余於此有感焉, 作借馬說以廣其意云.[20]

---

20) 李穀, ≪稼亭集≫, 卷7.

5과

어부사와
굴원

漢字 漢文

어부사

굴원(屈原)이 관직에서 쫓겨나 강가와 언덕에 거닐면서 詩를 읊조릴 적에, 얼굴색은 憔悴하고 모습에는 生氣가 없었다. 漁父[漁夫]가 그를 보고서,

"그대는 三閭大夫가 아닌가? 어쩌다가 이 地境에 이르렀는가?"

하자 屈原이 대답하기를,

"온 세상이 모두 흐린데 나만이 홀로 깨끗하고, 온 세상이 모두 취하였는데 나만이 홀로 깨어 있으니, 이 때문에 追放을 당했노라."

하였다. 漁父가,

"聖人은 事物에 막히거나 얽매이지 않고 世上을 따라 變하여 옮겨가니, 世上 사람들이 모두 濁하거든 어찌하여 그 진흙을 휘젓고 그 흙탕물을 일으키지 않으며, 여러 사람들이 모두 醉하였거든 어찌하여 술지게미를 먹고 薄酒를 마시지 않고, 무슨 이유로 깊이 생각하고 高尙하게 行動하여 스스로 追放을 당하게 한단 말인가."

이에 屈原이 對答하였다.

"내가 들으니, '새롭게 머리를 감은 者는 반드시 갓을 털어서 쓰고, 새롭게 몸을 씻은 者는 반드시 옷을 털어서 입는다.' 한다. 어찌 깨끗한 몸으로 남의 더러운 것을 받는단 말인가. 내 차라리 瀟湘江 강물에 달려들어서 강물의 고기 뱃속에 葬事 지낼지언정 어찌 희디흰 潔白한 몸으로 世俗의 먼지를 뒤집어쓴단 말인가."

이에 漁父가 빙그레 웃고는 돛대를 두드리고 떠나가면서 다음과 같이 노래하였다.

"滄浪의 물이 맑으면 내 갓끈을 씻고, 滄浪의 물이 흐리면 내 발을 씻으리라."
그는 마침내 떠나가서 다시는 더불어 말하지 못하였다.[21]

---

21) 성백효 역, ≪古文眞寶≫, 전통문화연구회, 2001.

≪초사≫의 어부

지금까지 屈原의 作品으로 알려진 <漁父辭>는 ≪楚辭≫의 篇名으로 그 作者에 대한 定說이 없다. 王逸이 ≪楚辭章句≫에서 屈原과 漁父와의 對話를 推想하여 屈原의 作品으로 認識했던 것을 司馬遷의 ≪史記≫<屈原列傳>, 朱熹의 ≪楚辭集註≫에서 또다시 王逸의 말을 따른 데에서 屈原의 作品으로 認識되어 온 것이다.

그러나 宋 郭茂倩은 그의 ≪樂府詩集≫에서 屈原의 <漁父辭> 가운데 漁父의 滄浪歌만을 紹介하면서 그 亦是도 屈原의 作品으로 認定하지 않고 古辭, 즉 '古人의 글'이라는 程度로 著者를 밝히고 있을 뿐이다.

아무튼 <漁父辭>가 屈原의 손에서 나오지 않았다 할지라도 이를 證明할 수 있는 充分한 論據 亦是 不充分한 바, 本藁에서는 通常的인 常識에 따라 屈原의 <漁父辭>로 規定하기로 한다. 그리고 屈原과 漁父와의 問答이 事實이든 아니든 屈原의 思想을 理解한다는 것은 곧 江湖 隱士들의 意識樣相을 理解하는 데 捷徑이 되기 때문이다.

이에 나타난 內容은 屈原이 謀陷으로 追放당한 뒤 江湖를 거닐다가 만난 漁父와의 問答에 나타난 그들의 意識은 各其 다른 人生觀을 보여주고 있다. 屈原과 漁父는 모두 暗鬱한 社會現實에 대한 懷疑와 鬱憤을 共通으로 느끼고 있다. 그러나 그에 대한 處世觀에는 差異가 있다. 漁父는 "世俗의 일에 막힘이 없이 世上 따라서 推移하는" 隨波逐流의, 舊態여 美辭麗句를 쓴다면 和光同塵의 態度를 堅持한 데

反해서, 屈原은 "차라리 소상강 흐르는 물에 달려가 물고기 뱃속에 葬禮를 치를지언정" 世俗과 함께 할 수 없다는 獨淸獨醒의 高潔한 精神을 가지고 있다. 이는 各自의 個性에서 오는 것으로 軟性主義者와 硬性主義者의 處世에 관한 標本이기도 하다.

이처럼 <漁父辭>에 나타난 屈原과 漁父의 意識에는 그 어디에도 江上風月을 벗삼아 自然과 同化되어 山水自然의 樂을 즐기는 江湖閑情이란 찾아볼 수 없다. 다만 世俗을 떠난 隱者들의 高潔한 生活樣相을 통해서 훗날 江湖閑情을 揷入한 것이다. 그렇다면 이러한 後世의 意識은 漁父의 避世的 隱遁에다가 屈原의 高潔한 精神을 混合한 것으로, 屈原의 중도에 대한 지나친 潔身主意와 漁父의 隨波逐流式의 與世推移를 排除한 修正主義인 셈이다. 바꿔 말하면 그들의 短點은 排除하고 長點만을 取擇하여 自身들의 理想的인 漁父를 形象化한 것이다.[22]

---

22) 박완식, ≪韓國 漢詩 漁父詞 研究≫, 이회, 2000.

연습문제

[1~5] 다음 한자의 독음이 바른 것은?

1. 漁 : ① 교　　② 휴　　③ 어　　④ 혈

2. 詩 : ① 진　　② 두　　③ 전　　④ 시

3. 境 : ① 경　　② 긍　　③ 로　　④ 파

4. 追 : ① 도　　② 화　　③ 추　　④ 륙

5. 醉 : ① 추　　② 수　　③ 이　　④ 취

[6~10] 다음의 독음을 가진 것은?

6. 상 : ① 穀　　② 孔　　③ 尙　　④ 收

7. 울 : ① 授　　② 鬱　　③ 惠　　④ 慈

8. 구 : ① 切　　② 磨　　③ 枝　　④ 舊

9. 첩 : ① 捷　　② 開　　③ 卑　　④ 尊

10. 한 : ① 閔　　② 整　　③ 閑　　④ 證

[11~15] 다음 한자의 뜻이 바른 것은?

11. 集 : ① 말하다　　② 부르다　　③ 모으다　　④ 놀라다

12. 藁 : ① 나물　　② 원고　　③ 높다　　④ 얇다

13. 懷 : ① 품다　　　② 나가다　　　③ 없다　　　④ 피다

14. 俗 : ① 같다　　　② 다르다　　　③ 저속하다　　　④ 잡다

15. 葬 : ① 떨어지다　　　② 돌다　　　③ 따르다　　　④ 장사지내다

[16~20] 다음의 뜻을 가진 것은?

16. 바라보다 : ① 廉　　② 觀　　③ 關　　④ 遜

17. 숨다　　 : ① 露　　② 隱　　③ 廢　　④ 鈍

18. 그러하다 : ① 谷　　② 脫　　③ 逸　　④ 然

19. 단단하다 : ① 讀　　② 溫　　③ 硬　　④ 巨

20. 옮기다　 : ① 箋　　② 移　　③ 座　　④ 憂

[21~25] 다음 글을 읽고 물음에 답하시오.

　　屈原이 관직에서 쫓겨나 강가와 언덕에 거닐면서 詩를 읊조릴 적에, ⓐ얼굴색은 ㉠憔悴하고 모습에는 ㉡生己가 없었다. 어부가 그를 보고서, "그대는 三閭大夫가 아닌가? 어쩌다가 이 ㉢地境에 이르렀는가?" 하자 屈原이 대답하기를, "온 세상이 모두 흐린데 나만이 홀로 깨끗하고, 온 세상이 모두 취하였는데 나만이 홀로 깨어 있으니, 이 때문에 ㉣追放을 당했노라." 하였다. 어부가, "㉤聖人은 ㉥事物에 막히거나 얽매이지 않고 ㉦世上을 따라 變하여 옮겨가니, 세상 사람들이 모두 濁하거든 어찌하여 그 진흙을 휘젓고 그 흙탕물을 일으키지 않으며, 여러 사람들이 모두 醉하였거든 어찌하여 술지게미를 먹고 ㉧薄酒를 마시지 않고, 무슨 이유로 깊이 생각하고 ⓑ고상하게 ⓒ행동하여 스스로 추방을 당하게 한단 말인가."

21. ㉠~㉣의 한자 표기가 바르지 **않은** 것은?

① ㉠憔悴　　② ㉡生己　　③ ㉢地境　　④ ㉣追放

22. ㉤~㉧의 독음이 바르지 **않은** 것은?

① ㉤성인　　② ㉥사물　　③ ㉦세상　　④ ㉧부주

23. ⓐ'얼굴색'이 한자로 바르게 쓴 것은?

① 安色　　② 眼色　　③ 顔色　　④ 顔塞

24. ⓑ'고상'의 '상' 자와 쓰임이 같은 것은?

① 上下　　② 崇尙　　③ 五常　　④ 傷處

25. ⓒ'행동'을 한자로 써 보시오. (　　　　　　)

[26~28] 다음 글을 읽고 물음에 답하시오.

屈原과 ㉠魚父는 모두 ㉡暗鬱한 社會㉢現實에 대한 ㉣懷疑와 鬱憤을 共通으로 느끼고 있다. 그러나 그에 대한 處世觀에는 ㉤差異가 있다. 어부는 "世俗의 일에 막힘이 없이 世上 따라서 ㉥推移하는" 隨波逐流의, 舊態여 美辭麗句를 쓴다면 ⓐ和光同塵의 ㉦態度를 ㉧堅持한 데 反해서, 屈原은 "차라리 소상강 흐르는 물에 달려가 물고기 뱃속에 葬禮를 치를지언정" 世俗과 함께 할 수 없다는 獨淸獨醒의 ⓑ고결한 精神을 가지고 있다. 이는 各自의 個性에서 오는 것으로 軟性主義者와 硬性主義者의 ⓒ처세에 관한 標本이기도 하다.

26. ㉠~㉣의 한자 표기가 바르지 **않은** 것은?

① ㉠魚父　　② ㉡暗鬱　　③ ㉢現實　　④ ㉣懷疑

27. ㉤~㉧의 독음이 바르지 **않은** 것은?

① ㉤차이　　② ㉥추이　　③ ㉦태도　　④ ㉧유지

23. ⓐ'和光同塵'의 뜻으로 바른 것은?

① 먼지와 빛이 조화롭게 됨　　　② 조화로운 빛과 똑같은 먼지

③ 빛을 감추고 티끌에 섞임　　　④ 먼지가 없어져 더욱 빛이 남

24. ⓑ'고결'의 '결' 자와 쓰임이 같은 것은?

① 結婚　　② 廉潔　　③ 決定　　④ 缺如

30. ⓒ'처세'를 한자로 쓰시오.(　　　　　　)

64　대학교양, 한자와 한문

<漁父辭>-屈原

屈原, 旣放, 游於江潭, 行吟澤畔, 顏色憔悴, 形容枯槁, 漁父見而問之曰, "子非三閭大夫與. 何故至於斯." 屈原曰, "擧世皆濁, 我獨清, 衆人皆醉, 我獨醒. 是以見放" 漁父曰, "聖人, 不凝滯於物, 而能與世推移, 世人皆濁, 何不淈其泥而揚其波, 衆人皆醉, 何不餔其糟而歠其醨, 何故深思高擧, 自令放爲." 屈原曰, "吾聞之, '新沐者, 必彈冠, 新浴者, 必振衣.' 安能以身之察察, 受物之汶汶者乎. 寧赴湘流, 葬於江魚之腹中, 安能以皓皓之白, 而蒙世俗之塵埃乎." 漁父莞爾而笑, 鼓枻而去, 乃歌曰, "滄浪之水清兮, 可以濯吾纓, 滄浪之水濁兮, 可以濯吾足." 遂去不復與言.23)

---

23) 屈原, <漁父辭>, ≪詳說古文眞寶大全≫, 卷1.

<雜說>-韓愈

　世有伯樂然後, 有千里馬, 千里馬, 常有, 而伯樂, 不常有. 故, 雖有名馬, 祇辱
於奴隷人之手, 騈死於槽櫪之間, 不以千里稱也. 馬之千里者, 一食, 或盡粟一石,
食(音士)馬者不知其能千里而食也. 是馬雖有千里之能, 食不飽, 力不足, 才美不
外見(音賢), 且欲與常馬等, 不可得, 安求其能千里也. 策之, 不以其道, 食之, 不
能盡其材, 鳴之不能通其意, 執策而臨之曰 '天下, 無良馬', 嗚呼, 其眞無馬耶, 其
眞不識馬耶.

6과

삼국유사와
역사스페셜

김현감호

    新羅 風俗에 每年 二月 初八日로부터 十五日까지 서울의 男女가 다투어 興輪寺의 殿塔을 돌며 福을 빌었다. 元聖王代에 郎君 金現이 밤 깊이 홀로 돌면서 쉬지 않았다. 한 處女가 念佛하고 따라 돌 새 서로 알게 되어 秋波를 던지더니 돌기를 마치고 으슥한 곳으로 이끌고 가서 情通하였다. 處女가 돌아갈 때에 金現이 따라 가니, 處女가 辭讓하고 拒絶하였으나 억지로 따라갔다. 西山麓에 이르러 한 草家집에 들어가니, 老嫗가 그 女子에게 묻되 '따라오는 이가 누구냐'하니, 女子가 그 事情을 말하였다. 老嫗가 '비록 좋은 일이나, 없는 이만 못하다. 그러나 이미 저지른 일이니 어찌 하랴. 잘 숨기어 두어라. 너의 兄弟가 惡行을 할까 두렵다.'하고 郎君을 깊은 곳에 숨겨두었다.

    얼마 있다가 三虎가 으르릉거리며 와서 사람의 말로, '집에서 노린내가 나니 療飢하기 좋다.'하니, 老嫗와 女子가 꾸짖으며 '너의 코가 非常하다. 무슨 미치광이 말을 하느냐.'하였다. 이때 하늘에서 소리가 들렸는데 '너의 무리가 즐겨 生命을 많이 害했으니 마땅히 한 놈을 베어 그 惡을 懲戒하리라' 하였다. 三虎가 듣고 모두 근심하였다. 女子가 '三兄은 될 수 있는 대로 멀리 피해 가서 스스로 懲戒하면 내가 代身하여 罰을 받겠다.'하였다. 모두 기뻐하여 고개를 숙이고 꼬리를 치며 달아나 버렸다.

    女子가 들어가 郎君에게 말했다. "처음에 君子가 우리 집에 오시는 것이 부끄러워 拒絶했더니, 이제는 숨김없이 감히 마음속을 말하겠습니다. 賤妾이 郎君과 비록 類는 다르나, 하루저녁의 歡樂을 모셨으니, 義는 夫婦를 맺은 것보다도 重합니다. 이제 三兄의 惡은 하늘이 이미 미워하니, 一家의 災殃을 나 홀로 감당코자 하오나 普通 사람의 손에 죽는 것보다는 오히려 郎君의 칼날에 엎드려 죽어 恩德에 報答함만 못합니다. 妾이 明日에 시장에 들어가 심하게 사물을 해치면 나라 사람들이 나를 어찌하지 못하고, 大王이 반드시 重爵으로써 사람을 뽑아 나를 잡으라고 할 것입니다. 郎君은 겁내지 말고 나를 쫓아 城 北쪽 숲에 오면 제가 기다리겠습니다."(後略)[24]

---

24) 일연 저, 박성규 역, ≪삼국유사≫, 서정시학, 2009.

가야여인도
성형수술을 했다

≪三國志≫<魏書 東夷專>은 伽倻人에 대한 興味로운 事實을 傳한다. "아기가 태어나면 돌로 머리를 눌러 납작하게 했다. 只今도 辰韓 사람들은 머리가 납작하다." 記錄 속의 辰韓은 3世紀 中葉의 弁韓, 즉 金海地域의 伽倻人이 여기에 包含된다. 머리를 납작하게 한다고 해서 當時엔 이를 '褊頭'라고 했다. 記錄 속에만 存在하던 褊頭의 實體를 예안리의 인골에서 確認하게 된 것이다.

그러면 이런 褊頭는 어떻게 만들었을까? 김진정 敎授는 아기의 머리 앞뒤에 板子를 대고 끈으로 묶기를 10餘 次例 反復하면 아기의 柔軟한 두개골이 앞뒤로 납작해진다고 한다. 태어난 지 1個月 以內의 아기는 잘 움직이지 않기 때문에 그렇게 할 수 있다는 것이다. 現在 두개골이 튀어나온 部分은 그렇게 하지 않은 것이고 납작한 部分은 ≪三國志≫<魏書 東夷專>의 記錄대로 돌을 얹은 것이라고 한다.

사람의 腦는 머리에 强한 壓力이 加해지면 그 壓力을 줄이기 위해 뼈를 녹이는 細胞를 내보낸다고 한다. 따라서 壓力이 加해진 부분의 뼈가 얇아지는데, 褊頭 두개골이 쉽게 부서지는 理由도 그 때문인 것이다.

褊頭를 하면 얼굴 모습도 普通 사람과는 달라지게 될 것이다. 當時의 褊頭 얼굴을 復原하는 作業을 이 方面의 專門家인 조용진 교수(서울교육대·해부미술학)에게 依賴했다. 얼굴을 復原하기 위해선 우선 毀損이 덜 된, 比較的 온전한 두개골이 必要하다. 出土된 人骨 中 가장 良好한 狀態의 褊頭 두개골을 選定했다. 所重한 遺

物의 毀損을 막기 위해 이 두개골과 똑같은 模型을 만들어 褊頭를 復原하기로 했다.

두개골 模型을 만들기 위해 두개골의 컴퓨터 斷層撮影부터 했다. 이 作業을 통해 얼굴 全體的으로 뼈의 두께가 얼마인지 正確한 數値를 把握할 수 있다. 뼈의 두께를 재는 理由는 뼈의 두께에 따라 각 部位에 살과 筋肉이 어느 정도 붙는지 決定되고, 눈썹과 입술의 方向도 달라지기 때문이다.

그 다음은 두개골의 立體 測定. 모두 3箇의 座標를 設定한 後2mm 間隔으로 레이저 光線을 쏘아 人骨의 表面을 測定한다. 이렇게 3箇의 座標에서 測定한 表面이 하나로 모이면 두개골의 立體가 完成된다. 그렇게 측정한 두개골 表面과 두께의 數値로 예안리 것과 똑같은 두개골 模型을 完成했다.[25]

---

25) KBS 역사스페셜 저, ≪역사스페셜≫, 효형출판, 2003.

연습문제

[1~5] 다음 한자의 독음이 바른 것은?

1. 新 : ① 라　② 작　③ 신　④ 녹

2. 初 : ① 지　② 초　③ 견　④ 밀

3. 情 : ① 망　② 청　③ 금　④ 청

4. 處 : ① 녀　② 처　③ 신　④ 선

5. 麓 : ① 늑　② 려　③ 매　④ 록

[6~10] 다음의 독음을 가진 것은?

6. 낭 : ① 閨　② 洪　③ 郞　④ 收

7. 징 : ① 微　② 餘　③ 懲　④ 戒

8. 류 : ① 類　② 奈　③ 陽　④ 崑

9. 재 : ① 央　② 菜　③ 災　④ 岡

10. 호 : ① 劍　② 結　③ 虎　④ 鱗

[11~15] 다음 한자의 뜻이 바른 것은?

11. 傳 : ① 전하다　② 잡다　③ 꾸미다　④ 나누다

12. 柔 : ① 옳다　② 고르다　③ 끌다　④ 부드럽다

13. 部 : ① 깊다　　② 살피다　　③ 나누다　　④ 잠기다

14. 記 : ① 기록하다　② 말하다　　③ 자신　　④ 짝하다

15. 壓 : ① 누르다　　② 토양　　③ 힘　　　④ 넘다

[16~20] 다음의 뜻을 가진 것은?

16. 모으다　 : ① 最　　② 撮　　③ 崔　　④ 輕

17. 훼손하다 : ① 毁　　② 發　　③ 體　　④ 學

18. 상태　　 : ① 太　　② 態　　③ 收　　④ 餘

19. 좁다　　 : ① 偏　　② 篇　　③ 編　　④ 褊

20. 새벽　　 : ① 午　　② 晨　　③ 夕　　④ 暮

[21~25] 다음 글을 읽고 물음에 답하시오.

　　新羅 ㉠風俗에 ㉡毎年 二月 初八日로부터 十五日까지 서울의 男女가 다투어 興輪寺의 ㉢殿塔을 돌며 福을 빌었다. 元聖王代에 郎君 金現이 밤 깊이 홀로 돌면서 쉬지 않았다. 한 ㉣處女가 ㉤念佛하고 따라 돌 새 서로 알게 되어 ㉥秋波를 던지더니 돌기를 마치고 으슥한 곳으로 이끌고 가서 ㉦情通하였다. 처녀가 돌아갈 때에 金現이 따라가니, 처녀가 ⓐ사양하고 ㉧拒絶하였으나 억지로 따라갔다. 西山麓에 이르러 한 草家집에 들어가니, 늙은 老嫗가 그 女子에게 묻되 '따라오는 이가 누구냐'하니, 女子가 그 事情을 말하였다. 老嫗가 '비록 좋은 일이나, 없는 이만 못하다. 그러나 이미 저지른 일이니 어찌 하랴. 잘 숨기어 두어라. 너의 ⓑ형제가 ⓒ악행을 할까 두렵다.'하고 郎君을 깊은 곳에 숨겨두었다.

21. ㉠~㉣의 한자 표기가 바르지 **않은** 것은?

① ㉠風俗　　② ㉡毎年　　③ ㉢殿塔　　④ ㉣處女

22. ㉤~㉧의 독음이 바르지 **않은** 것은?

① ㉤염불　　② ㉥추파　　③ ㉦통정　　④ ㉧거절

23. ⓐ'사양'의 '사' 자와 쓰임이 같은 한자어는?

① 辭典　　② 事記　　③ 奢侈　　④ 詐欺

24. ⓑ'형제'를 한자로 쓰시오. (　　　　　　)

25. ⓒ'惡行'의 '惡' 자와 쓰임이 **다른** 하나는?

① 惡德　　② 劣惡　　③ 善惡　　④ 憎惡

[26~30] 다음 글을 읽고 물음에 답하시오.

≪三國志≫<魏書 東夷傳>은 伽倻人에 대한 ㉠興味로운 ㉡事實을 傳한다. "아기가 태어나면 돌로 머리를 눌러 납작하게 했다. ㉢只今도 辰韓 사람들은 머리가 납작하다." ㉣記錄 속의 辰韓은 3㉤世紀 ㉥中葉의 弁韓, 즉 金海地域의 伽倻人이 여기에 ㉦包含된다. ⓐ머리를 납작하게 한다고 해서 ㉧當時엔 이를 '褊頭'라고 했다. 기록 속에만 ⓑ존재하던 褊頭의 實體를 예안리의 인골에서 ⓒ확인하게 된 것이다.

26. ㉠~㉣의 한자 표기가 바르지 **않은** 것은?

① ㉠興味　　② ㉡事實　　③ ㉢只今　　④ ㉣記錄

27. ㉤~㉧의 독음이 바르지 **않은** 것은?

① ㉤세기　　② ㉥중엽　　③ ㉦포괄　　④ ㉧당시

28. ⓐ'머리'의 뜻을 가진 한자는?

① 手　　② 足　　③ 腹　　④ 頭

29. ⓑ'존재'를 한자로 쓰시오. (　　　　　　)

30. ⓒ'확인'의 '인' 자와 쓰임이 같은 한자는?

① 確因　　② 否認　　③ 仁義　　④ 人情

<金現感虎>

新羅俗, 每當仲春, 初八至十五日, 都人士女, 競遶興輪寺之殿塔爲福會. 元聖王代. 有郎君金現者, 夜深獨處不息, 有一處女, 念佛隨遶, 相感而目送之, 遶畢, 引入屛處通焉. 女將還, 現從之, 女辭拒而强隨之.

行至西山之麓, 入一茅店, 有老嫗問女曰, 附率者何人 女陳其情. 嫗曰, 雖好事不如無也 然遂事不可諫也 且藏於密, 恐汝弟兄之惡也 把郎而匿之奧. 小選有三虎, 咆哮而至, 作人語曰, 家有腥膻之氣. 療飢何幸. 嫗與女叱曰, 爾鼻之爽乎, 何言之狂也. 時有天唱, 爾輩嗜害物命尤多, 宜誅一以徵惡 三獸聞之, 皆有憂色. 女謂曰, 三兄若能遠避而自懲, 我能代受其罰. 皆喜俛首妥尾而遁去.

女入謂郎曰, 始吾恥君子之辱臨弊族, 故辭禁爾, 今旣無隱, 敢布腹心. 且賤妾之於郎君, 雖曰非類, 得陪一夕之歡, 義重結褵之好.26)

---

26) 一然, ≪三國遺事≫, 卷5.

<花王戒>

唯, 臣聞昔花王之始來也, 植之以香園, 護之以翠幕, 當三春而發艷, 凌百花而獨出. 於是, 自邇及遐, 艷艷之靈, 夭夭之英, 無不奔走上謁. 唯恐不及, 忽有一佳人, 朱顔玉齒, 鮮粧靓服, 伶俜而來, 綽約而前曰,'妾履雪白之沙汀, 對鏡淸之海, 而沐春雨以去垢, 袂淸風而自適, 其名曰薔薇. 聞王之令德, 期薦枕於香帷, 王其容我乎.'

又有一丈夫, 布衣韋帶, 戴白持杖, 龍鍾而步, 傴僂而來曰,'僕在京城之外, 居大道之旁, 下臨蒼茫之野景, 上倚嵯峨之山色, 其名曰白頭翁. 竊謂左右供給雖足, 膏粱以充腸, 茶酒以淸神, 巾衍儲藏. 須有良藥以補氣, 惡石以蠲毒. 故曰雖有絲麻, 無棄菅蒯, 凡百君子, 無不代匱, 不識, 王亦有意乎.'

或曰,'二者之來, 何取何捨.' 花王曰,'丈夫之言, 亦有道理, 而佳人難得, 將如之何.' 丈夫進而言曰,'吾謂王聰明識理義, 故來焉耳. 今則非也, 凡爲君者, 鮮不親近邪侫, 疏遠正直. 是以, 孟軻不遇以終身, 馮唐郎潛而皓首, 自古如此, 吾其奈何.' 花王曰,'吾過矣. 吾過矣.'[27]

---

27) 金富軾≪三國史記≫卷 第46.

7과

백이 · 숙제와
사기

백이·숙제

伯夷와 叔齊는 孤竹國 國王의 두 아들이었다. 아버지는 아우 叔齊를 다음 王으로 삼으려고 하였다. 그런데 아버지가 죽은 뒤 叔齊는 王位를 兄 伯夷에게 讓與하였다. 그러자 伯夷는 "아버지의 命이었다" 하면서 마침내 避해 가버렸다. 叔齊도 王位에 오르려 하지 않고 피해 가버렸다. 이에 나라 안의 사람들은 둘째 아들을 王으로 擁立하였다. 이때 伯夷와 叔齊는 西伯 昌이 늙은이를 잘 奉養한다는 所聞을 듣고 그를 찾아가서 依支하고자 하였다. 가서 보니 西伯은 이미 죽고, 그의 아들 武王이 諡號를 文王이라고 追尊한 아버지의 나무 位牌를 수레에다 받들어 싣고 동쪽으로 殷 紂王을 정벌하려 하고 있었다. 이에 伯夷와 叔齊는 武王의 말고삐를 잡고 다음과 같이 諫하였다.

"아버지께서 돌아가셨는데 葬禮는 치르지 않고 바로 戰爭을 일으키다니 이를 孝라고 말할 수 있습니까? 臣下된 者로써 君主를 弑害하려 하다니 이를 仁이라고 말할 수 있습니까?"라고 하였다. 그러자 武王 左右에 있던 臣下들이 그들의 목을 치려고 하였다. 이때 太公이 "이들은 義人들이다"라고 하며, 그들을 保護하여 돌려보내주었다.

그 후 武王이 殷亂을 平定한 뒤, 天下는 周 王室을 宗主로 섬겼지만, 伯夷와 叔齊는 周나라의 百姓이 되는 것을 恥辱으로 여기고, 志操를 지켜 周나라의 糧食을 먹으려 하지 않고, 首陽山에 隱居하며 고사리를 꺾어 이것으로 배를 채웠다. 그들은 굶주려서 곧 죽으려고 하였을 때, 노래를 지었는데 그 歌辭는 다음과 같다.

저 西山에 올라 山中의 고사리를 꺾자꾸나.
暴惡한 것으로 暴惡한 것을 바꾸었으니
그 잘못을 알지 못하는구나.
神農, 虞, 夏의 시대는 忽然히 지나가버렸으니
우리는 將次 어디로 돌아간다는 말인가?
아! 이제는 죽음뿐이로다.
衰殘한 우리의 運命이여!

마침내 이들은 首陽山에서 굶어 죽고 말았다.

이로 미루어본다면, 두 사람은 果然 怨望하는 것인가? 怨望하지 않은 것인가?(後略)28)

---

28) 司馬遷 著, 정범진 외 옮김, ≪사기≫, 까치, 1996.

≪사기≫는 중국 사관문화의 총결산이다

上古時代 史觀의 天人文化 傳統과 孔子의 ≪春秋≫가 널리 宣揚했던 王道文化 傳統, 그리고 戰國時代의 獨特한 史觀文化 傳統은 ≪史記≫에 이르러 全面的인 總決算이 이루어졌다. ≪史記≫는 天道觀, 士道觀이 하나로 統一된 거대한 思想體系를 確立함으로써 數千 年 中國의 史觀文化 正統을 종합하였다.

≪史記≫는 天人宇宙를 하나의 力動的 變化過程을 보았다. 이러한 變化는 대체로 三通循環과 五德終始의 圖式을 따르는데, 먼저 天命의 變化가 있고 그것이 다시 人類社會의 王權 交替와 歷史의 變遷을 불러온다는 것이다. 天命은 民生을 注意 깊게 살피기 때문에 百姓을 괴롭히는 昏君을 내치고 仁義와 德을 갖춘 君主를 선택하여 새 王朝의 帝王으로 삼는다.

또한 天命은 大體로 一定한 時間的 間隔을 두고 歷史의 물줄기를 바로잡는데, 이는 사람들이 때에 맞게 功名을 세우는 絶好의 機會를 提供한다. 이러한 思考方式에 따라 ≪史記≫는 上古 時代부터 ≪史記≫以前 段階의 歷史에 이르기까지 史觀文化 精神을 受容하였다. 史觀文化 自體가 時代의 흐름에 適應하며 끊임없이 豊富해지고 發展하는 하나의 過程에 있다. 때문에 ≪史記≫는 旣存의 史觀文化 傳統을 決算하면서 單純한 重複이나 模倣, 踏襲이 아닌 當代의 現實的, 政治的 要求에 根據해서 史觀文化 傳統을 取捨選擇하였다.

먼저 天道觀을 살펴보자. 天人文化 傳統은 上古 時代에 이미 形成된 것으로 人

類 文明 初期의 産物이다. 따라서 巫術의 色彩가 濃厚하다. ≪史記≫는 統一된 大帝國이라는 時代的 要求에 副應하여 한차원 높은 天人宇宙觀을 構築하기 위해 ≪易傳≫, 陰陽五行學派, 春秋公羊學派의 研究 成果를 受容하면서 天命運行의 圖式이라는 次元에서 한왕조를 위해 宗教的 論證을 提供하였다.(後略)[29]

---

29) 陳桐生 지음, 장성철 옮김, ≪사기의 탄생, 그 3천년의 역사≫, 청계, 2004.

연습문제

[1~5] 다음 한자의 독음이 바른 것은?

1. 孤 : ① 고 ② 목 ③ 퇴 ④ 호

2. 齊 : ① 목 ② 제 ③ 조 ④ 금

3. 牌 : ① 유 ② 배 ③ 패 ④ 려

4. 戰 : ① 귀 ② 전 ③ 괴 ④ 무

5. 諫 : ① 간 ② 언 ③ 토 ④ 촌

[6~10] 다음의 독음을 가진 것은?

6. 은 : ① 達 ② 尊 ③ 隱 ④ 縣

7. 조 : ① 宗 ② 給 ③ 操 ④ 從

8. 쇠 : ① 金 ② 衰 ③ 馳 ④ 驅

9. 운 : ① 養 ② 號 ③ 運 ④ 蒼

10. 호 : ① 衝 ② 衡 ③ 動護 ④ 街

[11~15] 다음 한자의 뜻이 바른 것은?

11. 殘 : ① 멸하다   ② 수레   ③ 몰다   ④ 채찍

12. 居 : ① 살다   ② 마르다   ③ 살찌다   ④ 오르다

13. 隔 : ① 언덕　　② 새기다　　③ 자르다　　④ 간격

14. 濃 : ① 농사　　② 짙다　　③ 엷다　　④ 원천

15. 式 : ① 돌다　　② 법규　　③ 창　　④ 찌르다

[16~20] 다음의 뜻을 가진 것은?

16. 으뜸　 : ① 底　　② 伯　　③ 仲　　④ 叔

17. 나가다 : ① 氣　　② 展　　③ 挾　　④ 薄

18. 옮기다 : ① 駕　　② 及　　③ 遷　　④ 排

19. 이미　 : ① 成　　② 旣　　③ 遠　　④ 取

20. 끌다　 : ① 劣　　② 提　　③ 侈　　④ 讓

[21~25] 다음 글을 읽고 물음에 답하시오.

　　아버지께서 돌아가셨는데 ㉠弊禮는 치르지 않고 바로 ㉡戰爭을 일으키다니 이를 孝라고 말할 수 있습니까? 臣下된 者로써 君主를 ㉢弑害하려 하다니 이를 仁이라고 말할 수 있습니까?"라고 하였다. 그러자 武王 左右에 있던 臣下들이 그들의 목을 치려고 하였다. 이때 太公이 "이들은 ㉣義人들이다"라고 하며, 그들을 ㉤保護하여 돌려보내주었다. 그 후 武王이 殷亂을 ㉥平定한 뒤, 天下는 周 王室을 ㉦宗主로 섬겼지만, 伯夷와 叔齊는 周나라의 ⓐ백성이 되는 것을 ㉧恥辱으로 여기고, ⓑ지조를 지켜 周나라의 糧食을 먹으려 하지 않고, 首陽山에 隱居하며 고사리를 꺾어 이것으로 ⓒ배를 채웠다.

21. ㉠~㉣의 한자 표기가 바르지 **않은** 것은?

① ㉠弊禮　　② ㉡戰爭　　③ ㉢弑害　　④ ㉣義人

22. ㉤~㉧의 독음이 바르지 **않은** 것은?

① ㉤보호　　② ㉥평정　　③ ㉦종주　　④ ㉧취욕

23. ⓐ'백성'의 '성' 자와 쓰임이 같은 한자어는?

① 成人　　② 聖人　　③ 人性　　④ 姓氏

24. ⓑ'지조'를 한자로 써 보시오. (   )

25. ⓒ'배'의 뜻을 가진 한자는?
  ① 首   ② 肩   ③ 腹   ④ 踵

[26~30] 다음 글을 읽고 물음에 답하시오.

　　上古時代 史觀의 天人文化 ㉠傳統과 孔子의 ≪春秋≫가 널리 ㉡宜揚했던 王道文化 전통, 그리고 戰國時代의 ㉢獨特한 史觀文化 전통은 ≪史記≫에 이르러 全面的인 總決算이 이루어졌다. ≪史記≫는 天道觀, 土道觀이 하나로 統一된 거대한 思想體系를 ㉣確立함으로써 ㉤數千 年 中國의 史觀文化 ㉥正統을 종합하였다. ≪史記≫는 天人宇宙를 하나의 力動的 變化㉦過程을 보았다. 이러한 變化는 대체로 三通循環과 五德終始의 ㉧圖式을 따르는데, 먼저 天命의 變化가 있고 그것이 다시 人類社會의 王權 ⓐ교체와 ⓑ역사의 變遷을 불러온다는 것이다. 天命은 民生을 主意 깊게 살피기 때문에 百姓을 괴롭히는 昏君을 내치고 ⓒ인의와 德을 갖춘 君主를 선택하여 새 王朝의 帝王으로 삼는다.

26. ㉠~㉣의 한자 표기가 바르지 **않은** 것은?
  ① ㉠傳統   ② ㉡宜揚   ③ ㉢獨特   ④ ㉣確立

27.　㉤~㉧의 독음이 바르지 **않은** 것은?
  ① ㉤수천   ② ㉥정통   ③ ㉦과정   ④ ㉧모식

28. ⓐ'교체'의 '체' 자와 쓰임이 같은 것은?
  ① 體育   ② 凝滯   ③ 替代   ④ 締結

29. ⓑ'역사'의 한자가 바르게 쓰인 것은?
  ① 歷事   ② 逆史   ③ 曆士   ④ 歷史

30. ⓒ'인의'를 한자로 쓰시오.(   )

읽을거리

<伯夷叔齊列傳>

伯夷·叔齊, 孤竹君之二子也. 父欲立叔齊, 及父卒, 叔齊讓伯夷. 伯夷曰, '父命也' 遂逃去. 叔齊亦不肯立而逃之 國人立其中子. 於是伯夷·叔齊聞西伯昌善養老, 盍往歸焉. 及至, 西伯卒, 武王載木主, 號爲文王, 東伐紂. 伯夷·叔齊叩馬而諫曰, "父死不葬, 爰及干戈, 可謂孝乎? 以臣弒君, 可謂仁乎?" 左右欲兵之. 太公曰, "此義人也" 扶而去之. 武王已平殷亂, 天下宗周, 而伯夷·叔齊恥之, 義不食周粟, 隱於首陽山, 采薇而食之

及餓且死, 作歌. 其辭曰,

登彼西山兮, 采其薇矣.

以暴易暴兮, 不知其非矣.

神農虞夏忽焉沒兮, 我安適歸矣.

于嗟徂兮, 命之衰矣.

遂餓死於首陽山. 由此觀之, 怨邪非邪?[30]

---

30) 司馬遷, ≪史記≫, 卷61.

≪通鑑節要≫

戊寅二十三年. 初命晉大夫魏斯、趙籍、韓虔爲諸侯.

初, 趙簡子使尹鐸爲晉陽, 請曰, "以爲繭絲乎? 抑爲保障乎?" 簡子曰, "保障哉." 尹鐸損其戶數.

簡子謂無恤曰, "晉國有難, 而無以尹鐸爲少, 無以晉陽爲遠, 必以爲歸." 及智宣子卒, 智襄子爲政, 請地於韓康子, 康子致萬家之邑, 智伯悅, 又求地於魏桓子, 桓子復與之萬家之邑, 智伯又求蔡、皐狼之地於趙襄子, 襄子弗與.

智伯怒, 帥韓、魏之甲以攻趙氏, 襄子將出曰, "吾何走乎," 從者曰, "長子近, 且城厚完." 襄子曰, "民罷力以完之, 又斃死以守之, 其誰與我." 從者曰, "邯鄲之倉庫實." 襄子曰, "浚民之膏澤以實之, 又因而殺之, 其誰與我. 其晉陽乎. 先主之所屬也, 尹鐸之所寬也, 民必和矣." 乃走晉陽. 三家以國人, 圍而灌之, 城不浸者三版, 沈竈産鼃, 民無叛意.[31]

---

31) 江贄, ≪通鑑節要≫, 卷1.

8과

만복사저포기와
김시습

만복사저포기

全羅道 南原에 梁生이 살고 있었는데, 일찍이 어버이를 잃은 데다 아직 丈家도
들지 못하고 萬福寺의 東쪽에서 혼자 살았다. 방 밖에는 배나무 한 그루가 있었는
데, 바야흐로 봄이 되어 꽃이 활짝 피어 마치 玉으로 만든 나무에 銀이 쌓여 있는
것만 같았다. 梁生은 달이 뜬 밤마다 그 나무 아래를 거닐며 朗朗하게 시를 읊었다.

> 한 그루 배꽃이 외로움을 달래 주지만,
> 휘영청 달 밝은 밤은 홀로 보내기 괴로워라.
> 젊은이는 홀로 호젓한 창가에 누웠는데,
> 어느 곳에선가 고운님이 통소를 불어 주네.

> 외로이 날아가는 물총새는 짝을 이루지 못하고,
> 짝 잃은 鴛鴦새는 맑은 물에서 노니네.
> 누구와 인연이 있는지 바둑알 두드리다,
> 밤이면 등불로 점쳐보고 창 기대어 시름하네.

시를 다 읊고 나자 갑자기 공중에서 말소리가 들려 왔다. "그대가 참으로 아름다
운 짝을 얻고 싶다면 어찌 이뤄지지 않으리라고 걱정하느냐." 梁生은 마음속으로
기뻐하였다. 그 이튿날은 마침 3월 24일이었다. 고을 風俗에 萬福寺에 등불을 밝히
고 福을 비는 일이 있었는데, 男女들이 모여들어 저마다 所願을 빌었다.(後略)32)

---

32) 金時習 저, 김경미 옮김, ≪金鰲新話≫, 펭귄클래식 코리아, 2009.

김시습 평전

近代 以前의 우리 知性人 가운데 가장 사랑받는 사람은 金時習인 듯하다. 어려서 世宗의 稱讚을 받고 비단 필을 허리춤에 묶고 나왔다는 이야기라든가, 僧侶의 行色으로 거리를 쏘다니며 世祖가 政權을 簒奪하는 데 功을 세운 大臣을 辱했다는 이야기는 中學校에 다니는 學生들도 대부분 알고 있을 것이다. 앞의 이야기는 바로 金時習의 早熟한 天才性을 豫示해주고, 뒤의 이야기는 金時習의 節義와 狂氣를 말해준다.

金時習은 태어난 지 여덟 달 만에 漢字를 알았고, 세 살 때는 詩句를 지을 줄 알았다. 다섯 살 때 世宗의 稱讚을 받은 뒤로 사람들은 그를 五世라 불렀지, 이름은 부르지 않았다고 한다. 그래서인지 그는 '태어나면서부터 事理를 알았던' 孔子의 還生이라고도 여겨졌다. 하지만 그는 世祖가 조카인 端宗에게서 王位를 빼앗고, 端宗을 魯山君으로 降等시켜 영월에 幽閉시켰다가 죽이는 事件을 보고는 世俗 勸力과의 因緣을 끊고 僧侶가 되어 放浪길에 올랐다.

金時習을 추종했던 南孝溫(1454~1492)은 그를 生六臣의 한 사람으로 宣揚하였고, 宣祖의 朝廷은 그의 文集 ≪梅月堂集≫을 活字로 近似하게 刊行했으며, 正祖는 그를 吏曹判書에 追贈하고 '淸簡'이라는 諡號를 내렸다. 金時習이 죽고 난 뒤 그를 追慕하는 事業이 持續的으로 이루어진 것을 보면, 그는 매우 幸福한 사람이었으리라 생각할지 모른다. 하지만 그는 名分과 禮法에 拘碍받지 않고 거침없이 行動했기 때문에 當時 人士들에게서 미쳤다는 손가락질 당했다. 그의 狂氣는 흔히 ‘거짓 미침[佯狂]’으로 規定되었지만, 우리 知性史에서 그만큼 狂氣를 뿜어낸 人物은 달리 찾아보기 어렵다.

金時習의 一生을 살펴본다면, 뒷날의 追慕 熱氣에 비하여 當代에는 그가 결코 穩當하게 評價받지 못했다는 事實을 알고 놀랄 것이다. 어려서 그 天才性을 稱頌받았는데도 不拘하고, 아니 어려서 그 天才性을 認定받았기에 그는 더욱 挫折하였다. 世祖의 政權 簒奪과 李施愛의 反亂 등 政變과 內亂이 이어지는 동안 執權 士大夫層은 血盟과 婚姻關係를 通해 閉鎖性을 굳혀갔고, 그들과 血緣關係를 맺지 못했던 金時習은 政治權力과 社會 構造의 바깥에 疎外될 수밖에 없었다. 執權 士大夫層은 儒學을 支配 勸力의 論理로 理容하여 그들의 손으로 社會와 政治를 發展시키고자 하면서도, 儒學思想을 自身들의 삶의 格率로 받아들이지는 않는다. 宗親과 一部 貴族層은 佛敎를 通하여 現實世界의 安寧을 祈願하고 來世를 保障받으려고 했을 뿐, 佛敎思想을 누구에게나 開放된 眞情한 救援의 宗敎로 認識하지는 않았다. 이러한 時期에 金時習은 人間 存在와 思想의 問題를 深刻하게 苦悶하였다. 그는 思想과 宗敎의 本모습을 回復시키려고 했던 ‘危險한 思想家’였다.[33]

---

33) 심경호, 《김시습 평전》, 돌베개, 2003.

연습문제

[1~5] 다음 한자의 독음이 바른 것은?

1. 丈 : ① 준　② 수　③ 장　④ 방

2. 梁 : ① 양　② 밀　③ 필　④ 정

3. 鴛 : ① 비　② 제　③ 원　④ 식

4. 福 : ① 지　② 배　③ 패　④ 복

5. 願 : ① 곽　② 원　③ 호　④ 부

[6~10] 다음의 독음을 가진 것은?

6. 근 : ① 戈　② 讚　③ 近　④ 跨

7. 권 : ① 專　② 權　③ 敵　④ 眞

8. 예 : ① 傷　② 牌　③ 豫　④ 被

9. 광 : ① 往　② 枉　③ 狂　④ 王

10. 유 : ① 匔　② 幽　③ 最　④ 軍

[11~15] 다음 한자의 뜻이 바른 것은?

11. 簒 : ① 어지러움　② 위엄　③ 빼앗다　④ 올라가다

12. 端 : ① 아침　② 펼치다　③ 실마리　④ 오그라들다

13. 侶 : ① 말　② 몰다　③ 짝　④ 잡다

14. 諡 : ① 명예　　　② 치욕　　　③ 시호　　　④ 몹시

15. 拘 : ① 들어가다　② 잡다　　　③ 뛰어가다　④ 넘어지다

[16~20] 다음의 뜻을 가진 것은?

16. 온당하다 : ① 嶽　　② 宗　　③ 穩　　④ 岱

17. 인연　　 : ① 禪　　② 緣　　③ 煙　　④ 亭

18. 내리다　 : ① 寒　　② 降　　③ 紫　　④ 寒

19. 뜨겁다　 : ① 執　　② 埶　　③ 熟　　④ 熱

20. 걸맞다　 : ① 鉅　　② 稱　　③ 洞　　④ 庭

[21~23] 다음 글을 읽고 물음에 답하시오.

　　全羅道 南原에 梁生이 살고 있었는데, ⓐ일찍이 어버이를 잃은 데다 아직 ㉠丈家도 들지 못하고 萬福寺의 東쪽에서 혼자 살았다. 방 밖에는 배나무 한 그루가 있었는데, 바야흐로 봄이 되어 꽃이 활짝 피어 마치 玉으로 만든 나무에 銀이 쌓여 있는 것만 같았다. 梁生은 달이 뜬 밤마다 그 나무 아래를 거닐며 ㉡朗朗하게 시를 읊었다. (중략) 시를 다 읊고 나자 갑자기 공중에서 말소리가 들려 왔다. "그대가 참으로 아름다운 짝을 얻고 싶다면 어찌 이뤄지지 않으리라고 걱정하느냐." 梁生은 마음속으로 기뻐하였다. 그 이튿날은 마침 3월 24일이었다. 고을 ㉢風谷에 萬福寺에 등불을 밝히고 福을 비는 일이 있었는데, ㉣男女들이 모여들어 저마다 ⓑ소원을 빌었다.(後略)

21. ㉠~㉣의 한자 표기가 바르지 않은 것은?

① ㉠丈家　　② ㉡朗朗　　③ ㉢風谷　　④ ㉣男女

22. ⓐ '일찍이'의 뜻을 가진 한자는?

① 曾　　　② 增　　　③ 憎　　　④ 贈

23. ⓑ'소원'의 '원' 자와 쓰임이 같은 한자는?

① 遠近　　② 原因　　③ 怨望　　④ 願望

24. ⓒ‘佛座’의 훈과 음이 각각 바르게 된 것은?

① 아니 불, 자리 좌   ② 아니 불, 자리 석

③ 부처 불, 자리 석   ④ 부처 불, 자리 좌

25. ⓓ‘약속’을 한자로 써 보시오. (   )

[26~30] 다음 글을 읽고 물음에 답하시오.

> ㉠近代 ㉡已前의 우리 知性人 가운데 가장 사랑받는 사람은 金時習인 듯하다. 어려서 世宗의 ㉢稱讚을 받고 ⓐ비단 필을 허리춤에 묶고 나왔다는 이야기라든가, ㉣僧侶의 ㉤行色으로 거리를 쏘다니며 世祖가 政權을 ㉥簒奪하는 데 功을 세운 大臣을 辱했다는 이야기는 中學校에 다니는 ㉦學生들도 대부분 알고 있을 것이다. 앞의 이야기는 바로 金時習의 조숙한 天才性을 ⓑ예시해주고, 뒤의 이야기는 金時習의 ⓒ절의와 狂氣를 말해준다.

26. ㉠~㉣의 한자 표기가 바르지 **않은** 것은?
① ㉠近代   ② ㉡已前   ③ ㉢稱讚   ④ ㉣僧侶

27. ㉤~㉦의 독음이 바르지 **않은** 것은?
① ㉤행색   ② ㉥전권   ③ ㉥찬탈   ④ ㉦학생

28. ⓐ‘비단’의 뜻을 가진 한자는?
① 絹   ② 絲   ③ 琴   ④ 錦

29. ⓑ‘예시’의 ‘예’ 자와 쓰임이 같은 것은?
① 叡智   ② 禮法   ③ 比例   ④ 豫告

30. ⓒ‘절의’를 한자로 쓰시오.(   )

읽을거리

<萬福寺樗蒲記> - 金時習

南原有梁生者, 早喪父母, 未有妻室, 獨居萬福寺之東. 房外有梨花一株, 方春盛開, 如瓊樹銀堆 生每月夜, 逡巡朗吟其下.

詩曰:

一樹梨花伴寂廖,

可憐孤負月明宵.

青年獨臥孤窓畔,

何處玉人吹鳳簫.

翡翠孤飛不作雙,

鴛鴦失侶浴晴江.

誰家有約敲基子,

夜卜燈花愁倚窓.

吟罷, 忽空中有聲曰: "君欲得好逑, 何憂不遂." 生心喜之 明日卽三月二十四日也 州俗燃燈於萬福寺祈福, 士女騈集, 各呈其志.[34]

---

34) 金時習, ≪金鰲新話≫.

<屠門大嚼引>-許筠

余家雖寒素, 而先大夫存時, 四方異味禮饋者多, 故幼日備食珍羞. 及長, 贅豪家, 又窮陸海之味, 亂日避兵于北方, 歸江陵外業, 殊方奇錯, 因得歷嘗, 而釋褐後南北官轍, 益以餂其口, 故我國所產, 無不嚌其炙而嚼其英焉.

食色性也, 而食尤軀命之關, 先賢以飲食爲賤者, 指其饕而徇利也, 何嘗廢食而不談乎. 不然則八珍之品, 何以記諸禮經, 而孟軻有魚熊之分耶. 余嘗見何氏食經及郇公食單, 二公皆窮天下之味, 極其豐侈, 故品類甚夥, 以萬爲計, 締看之則只是互作美名, 爲眩耀之具已.

我國雖僻, 環以巨浸, 阻以崇山, 故物產亦富饒. 若用何韋二氏例, 換號而區別之, 殆亦可萬數也. 余罪徙海濱, 糠粃不給, 飣案者唯腐鰻腥鱗馬齒莧野芹, 而日兼食, 終夕枵腹, 每念昔日所食山珍海錯, 飫而斥不御者, 口津津流饞涎. 雖欲更嘗, 邈若天上王母桃, 身非方朔, 安得偸摘也.[35]

---

35) 許筠, 《惺所覆瓿藁》, 卷26.

귀거래사와
죽음을 이르는 말

漢

孝 漢文

귀거래사

　돌아가자! 田園이 將次 荒廢하려 하니, 어찌 돌아가지 않겠는가. 이미 스스로 마음을 形體의 使役으로 삼았으니, 어찌 失心하여 홀로 슬퍼하기만 하겠는가. 이미 지나간 날은 따질 수 없음을 깨닫고 앞으로 올 것은 바른 길을 따를 수 있음을 알았노라. 실로 길을 잃었으나 아직 멀리 가지 않았으니, 지금이 옳고 어제는 잘못이었음을 알았노라. 배는 흔들흔들 가벼이 날리고 바람은 살랑살랑 옷자락에 불도다. 길가는 나그네에게 앞길을 물으니, 새벽빛이 희미함을 한하도다.

　마침내 조그마한 집을 바라보고 기뻐 달려가니, 僮僕들은 歡迎하고 어린아이는 門에서 기다린다. 세 오솔길은 荒廢해졌으나 소나무와 국화는 그대로 남아있다. 어린아이 손을 잡고 방에 들어가니, 술이 술동이에 가득히 있기에 술병과 술잔을 이끌어 스스로 따라 마시고 뜰의 나뭇가지를 보면서 얼굴을 펴노라. 南쪽 창가에 기대어 傲慢함을 부치니, 무릎을 용납할 만한 곳이 편안하기 쉬움을 알았노라. 田園을 날마다 거닐어 趣味를 이루고, 門은 비록 設置되어 있으나 항상 닫혀 있다. 지팡이를 짚고서 가며 쉬며 하다가 때로는 머리를 들어 멀리 바라보니, 구름은 無心히 산골짝에서 나오고, 새는 느릿느릿 날아 돌아올 줄 아는구나. 햇볕이 뉘엿뉘엿 將次 지려 하는데, 외로운 소나무를 어루만지며 서성댄다.

　돌아가자! 交際를 그만두고 交遊를 끊어야겠다. 세상이 나와 서로 맞지 않으니, 다시 수레에 멍에를 하여 무엇을 구하겠는가. 친척들의 情談을 기뻐하고 거문고와

書冊을 즐기며 근심을 잊으리라. 농부가 나에게 봄이 왔음을 알려주니, 將次 西쪽 밭두둑에 農事를 있게 되었구나! 或은 巾車를 준비하라고 命하고 或은 외로운 배를 노질하여 이미 깊숙하게 골짝을 찾고 또 꼬불꼬불 험한 길로 언덕을 지나니, 나무들은 기쁜 듯 꽃피려 하고 샘물은 졸졸 비로소 흐르는구나. 萬物이 제 때를 얻음을 부러워하고 우리 人生이 將次 끝남을 느끼노라. 그만두어라! 形體를 宇宙 안에 붙이고 살기를 다시 얼마를 하겠는가. 어이하여 마음에 맡겨 떠나고 머무름을 任意대로 하지 않고 어찌하여 서둘러 어디로 가고자 하는가. 富貴는 내가 바라는 바가 아니며, 帝鄕은 期約할 수 없다. 좋은 철을 생각하여 외로이 가고 때로는 지팡이를 꽂아놓고 김매노라. 東쪽 언덕에 올라 휘파람을 불고 맑은 물가에 臨하여 詩를 짓노라. 애오라지 죽음을 타고 一生을 마치려 하니, 天命을 즐기는데 다시 무엇을 疑心하겠는가.[36]

---

36) 성백효 역, ≪古文眞寶≫, 전통문화연구회, 2001.

죽음을
이르는 말들

김수환 樞機卿이 돌아가시자 言論은 善終이라고 했다. 한 新聞은 善終을 善生福
終의 준말이라고 했고, 改新敎에서는 召天이라고 했다. 佛敎 지도자가 臨終하면 入
寂이라는 말을 쓰는데 他界, 涅槃, 入涅槃, 滅道, 入滅 등도 같은 意味라는 설명도
곁들였다.

前職 大統領의 죽음에는 逝去라는 말을 썼다. 死去의 높임말이다. 王朝時代에는
임금의 죽음을 崩御라 했다. 上賓, 晏駕, 賓天, 龍馭, 殂落, 天崩도 같은 뜻이다. 天
崩은 '하늘이 무너지다'는 뜻으로 아버지의 죽음에도 쓰였다. 昇遐는 임금뿐만 아
니라 尊貴한 사람의 죽음에도 쓰였다. 登遐, 禮陟, 陟方도 같은 뜻이다.

死亡, 殞命, 別世, 永眠도 다 죽음을 이르는 말이다. 動詞나 慣用句로는 숨지다,
沒하다, 卒하다, 돌아가다, 세상을 뜨다, 세상을 버리다, 숨을 거두다, 幽界에 들다,
冥府에 들다, 幽明을 달리하다 등이 있고, 卑俗語로는 고꾸라지다, 뒈지다, 밥숟가
락 놓다 등이 있다. 또 죽는 狀況에 따라 病死, 溺死, 凍死, 橫死, 餓死, 客死, 焚死,
轢死, 暍死 등 수없이 많고, 요즘 社會的 論議가 있었던 尊嚴死, 安樂死도 있다.[37]

---

37) 우재욱 시인, <말글 살이> 중, 한겨레신문, 2009.09 칼럼·사설.

연습문제

[1~5] 다음 한자의 독음이 바른 것은?

1. 園 : ① 황　② 광　③ 원　④ 석

2. 使 : ① 이　② 역　③ 사　④ 신

3. 僕 : ① 업　② 복　③ 부　④ 전

4. 說 : ① 설　② 열　③ 세　④ 탈

5. 游 : ① 대　② 유　③ 방　④ 재

[6~10] 다음의 독음을 가진 것은?

6. 담 : ① 藝　② 談　③ 愛　④ 撓

7. 제 : ① 曲　② 稷　③ 際　④ 仄

8. 차 : ① 次　② 杏　③ 贊　④ 崑

9. 영 : ① 巨　② 菜　③ 迎　④ 岡

10. 임 : ① 劍　② 結　③ 臨　④ 鱗

[11~15] 다음 한자의 뜻이 바른 것은?

11. 溺 : ① 약하다　② 많다　③ 빠지다　④ 잡다

12. 機 : ① 틀　② 깃발　③ 농사　④ 힘

13. 卑 : ① 먹다　　② 낮다　　③ 잡다　　④ 아우르다

14. 凍 : ① 방황　　② 얼다　　③ 동쪽　　④ 몹시

15. 迥 : ① 갑자기　　② 걷다　　③ 맞이하다　　④ 물리치다

[16~20] 다음의 뜻을 가진 것은?

16. 오르다　　: ① 音　　② 陟　　③ 察　　④ 理

17. 버릇　　　: ① 貽　　② 厥　　③ 嘉　　④ 慣

18. 죽다　　　: ① 殞　　② 底　　③ 植　　④ 弱

19. 무너지다 : ① 性　　② 崩　　③ 省　　④ 械

20. 돌아가다 : ① 始　　② 歸　　③ 殆　　④ 苔

[21~25] 다음 글을 읽고 물음에 답하시오.

　　마침내 조그마한 집을 바라보고 기뻐 달려가니, ㉠僮僕들은 ㉡歡迎하고 어린아이는 門에서 기다린다. 세 오솔길은 ㉢流廢해졌으나 ⓐ소나무와 국화는 그대로 남아있다. 어린아이 손을 잡고 방에 들어가니, 술을 술동이에 가득히 있기에 술병과 술잔을 이끌어 스스로 따라 마시고 뜰의 나뭇가지를 보면서 얼굴을 펴노라. 南쪽 창가에 기대어 ㉣傲慢함을 부치니, 무릎을 용납할 만한 곳이 편안하기 쉬움을 알았노라. ㉤田園을 날마다 거닐어 ㉥趣味를 이루고, 門은 비록 ㉦設置되어 있으나 항상 닫혀 있다. 지팡이를 짚고서 가며 쉬며 하다가 때로는 머리를 들어 멀리 바라보니, 구름은 ㉧無心히 산골짝에서 나오고, 새는 느릿느릿 날아 돌아올 줄 아는구나. 햇볕이 뉘엿뉘엿 ⓑ장차 지려 하는데, 외로운 소나무를 어루만지며 서성댄다. 돌아가자! ⓒ교제를 그만두고 交遊를 끊어야겠다.

21. ㉠~㉣의 한자 표기가 바르지 **않은** 것은?

① ㉠僮僕　　② ㉡歡迎　　③ ㉢流廢　　④ ㉣傲慢

22. ㉤~㉧의 독음이 바르지 **않은** 것은?

① ㉤정원　　② ㉥취미　　③ ㉦설치　　④ ㉧무심

23. ⓐ'소나무와 국화'라는 뜻을 가진 한자가 바르게 쓰인 것은?

① 松竹　　　② 松菊　　　③ 菊竹　　　④ 梅蘭

24. ⓑ'장차'를 한자로 써 보시오. (　　　　　　)

25. ⓒ'교제'의 '제' 자와 쓰임이 같은 것은?

① 祭祀　　　② 救濟　　　③ 際遇　　　④ 問題

[26~30] 다음 글을 읽고 물음에 답하시오.

　　前職 大統領의 죽음에는 ㉠逝去라는 말을 썼다. 死去의 높임말이다. 王朝時代에는 임금의 죽음을 ㉡朋御라 했다. 上賓, 晏駕, 賓天, 龍馭, 殂落도 같은 뜻이다. (중략) ㉢昇遐는 임금뿐만 아니라 ㉣尊貴한 사람의 죽음에도 쓰였다. 登遐, 禮陟, 陟方도 같은 뜻이다. ㉤死亡, ㉥殞命, ㉦別世, ㉧永眠도 다 죽음을 이르는 말이다. 動詞나 慣用句로는 숨지다, 沒하다, 졸하다, ⓐ돌아가다, 세상을 뜨다, 세상을 버리다, 숨을 거두다, 幽界에 들다, 冥府에 들다, 幽明을 달리하다 등이 있고, 비속어로는 고꾸라지다, 뒈지다, 밥숟가락 놓다 등이 있다. 또 죽는 狀況에 따라 病死, 溺死, 凍死, 橫死, ⓑ아사, 客死, 焚死, 轢死, 暍死 등 수없이 많고, 요즘 社會的 ⓒ논의가 있었던 尊嚴死, 안락사도 있다.

26. ㉠~㉣의 한자 표기가 바르지 **않은** 것은?

① ㉠逝去　　　② ㉡朋御　　　③ ㉢昇遐　　　④ ㉣尊貴

27. ㉤~㉧의 독음이 바르지 **않은** 것은?

① ㉤사망　　　② ㉥손명　　　③ ㉦별세　　　④ ㉧영면

28. ⓐ'돌아가다'의 뜻을 가진 한자는?

① 去　　　② 來　　　③ 歸　　　④ 納

29. ⓑ'아사'가 바르게 쓰인 것은?

① 食死   ② 饌死   ③ 饕死   ④ 餓死

30. ⓒ'논의'를 한자로 쓰시오.(   )

<歸去來辭> -陶淵明

　歸去來兮, 田園將蕪胡不歸. 旣自以心爲形役, 奚惆悵而獨悲. 悟已往之不諫, 知來者之可追. 實迷塗其未遠, 覺今是而昨非. 舟搖搖以輕颺, 風飄飄而吹衣. 問征夫以前路, 恨晨光之熹微.

　乃瞻衡宇, 載欣載奔, 僮僕歡迎, 稚子侯門. 三逕, 就荒, 松菊, 猶存. 携幼入室, 有酒盈樽. 引壺觴以自酌, 眄庭柯以怡顔. 倚南窓以寄傲, 審容膝之易安. 園日涉以成趣, 門雖設而常關. 策扶老以流憩, 時矯首而遐觀. 雲無心以出岫, 鳥倦飛而知還. 影翳翳以將入, 撫孤松而盤桓.

　歸去來兮, 請息交以絶遊. 世與我而相遺, 復駕言兮焉求. 悅親戚之情話, 樂琴書以消憂, 農人, 告余以春及, 將有事于西疇. 或命巾車, 或棹孤舟, 旣窈窕以尋壑, 亦崎嶇而經丘. 木欣欣以向榮, 泉涓涓而始流. 羨萬物之得時, 感吾生之行休. 已矣乎, 寓形宇內復幾時. 曷不委心任去留, 胡爲乎遑遑欲何之. 富貴, 非吾願, 帝鄕, 不可期. 懷良辰以孤往, 或植杖而耘耔. 登東皐以舒嘯, 臨淸流而賦詩, 聊乘化以歸盡, 樂夫天命復奚疑.[38]

---

38) 陶淵明, <歸去來辭> ≪詳說古文眞寶大全≫, 卷1.

<五柳先生傳>-陶淵明

先生, 不知何許人, 亦不詳其姓字, 宅邊, 有五柳樹, 因以爲號焉. 閑靖少言, 不慕榮利, 好讀書, 不求甚解, 每有意會, 便欣然忘食.

性嗜酒, 家貧, 不能常得, 親舊知其如此, 或置酒而招之, 造飮輒盡, 期在必醉, 旣醉而退, 曾不吝情去留. 環堵蕭然, 不蔽風日, 短褐穿結, 簞瓢屢空, 晏如也. 嘗著文章自娛, 頗示己志, 忘懷得失, 以此自終.

贊曰, 黔婁有言, 不戚戚於貧賤. 不汲汲於富貴, 極其言, 玆若人之儔乎. 酣觴賦詩, 以樂其志, 無懷氏之民歟. 葛天氏之民歟.[39]

---

39) 陶淵明, <五柳先生傳> ≪詳說古文眞寶大全≫, 卷2.

10과

漢
學 漢文

양반전

兩班이란 士族을 높여 부르는 말이다. 旌善 고을에 한 兩班이 있었는데 어질고 글 읽기를 좋아하였으므로, 郡守가 새로 赴任하게 되면 반드시 몸소 그의 집에 가서 인 사를 차렸다. 그러나 집이 가난하여 해마다 官廳의 還穀을 빌려 먹다 보니, 해마다 쌓여서 그 빚이 千石에 이르렀다. 觀察使가 고을을 巡幸하면서 還穀 出納을 調査해 보고 크게 怒하여, "어떤 놈의 兩班이 軍糧米를 축냈단 말인가?"하고서 그 兩班을 잡 아 가두라고 命했다. 郡守는 그 兩班이 가난하여 報償을 할 길이 없음을 내심 안타깝 게 여겨 차마 가두지는 못하였으나, 그 역시도 어찌할 수 없는 일이었다. 兩班이 어 떻게 해야 할 줄을 모르고 밤낮으로 울기만 하고 있으니, 그의 아내가 몰아세우며, "당신은 平素에 그렇게도 글을 잘 읽지만 縣官에게 還穀을 갚는 데에는 아무 所用이 없구려. 쯧쯧 兩班이라니, 한 푼짜리도 못 되는 그놈의 兩班."이라 했다.

그때 그 마을에 사는 富者가 食口들과 相議하기를, "兩班은 아무리 가난해도 늘 높고 貴하며, 우리는 아무리 잘 살아도 늘 낮고 賤하여 감히 말도 타지 못한다. 또 한 兩班을 보면 움츠러들어 숨도 제대로 못 쉬고 뜰아래 엎드려 절해야 하며, 코를 땅에 박고 무릎으로 기어가야 하니 우리는 이와 같이 辱을 보는 身世다. 只今 저 兩班이 還穀을 갚을 길이 없어 이만저만 窘辱을 보고 있지 않으니 진실로 兩班의 身分을 保存 못할 형편이다. 그러니 우리가 그 兩班을 사서 가져보자." 하고서 그 집 문에 나아가 그 還穀을 갚아 주겠다고 請하니, 兩班이 반색하며 그렇게 하라고 했다. 그래서 富者는 當場에 그 還穀을 官에 바쳤다.

郡守가 크게 놀라 웬일인가 하며 그 兩班을 慰勞도 할 겸 어떻게 해서 還穀을 갚게 되었는지 묻기 위해 찾아갔다. 그런데 그 兩班이 벙거지를 쓰고 잠방이를 입고 길에 엎드려 소인이라 아뢰며 감히 쳐다보지도 못하는 것이 아닌가. 郡守가 깜짝 놀라 내려가 붙들며, "그대는 왜 이렇게 自身을 낮추어 辱되게 하시오?" 하니까, 兩班이 더욱더 벌벌 떨며 머리를 조아리고 땅에 엎드리며, "惶悚하옵니다. 小人놈이 제 몸을 낮게 하려는 것이 아니라 還穀을 갚기 위하여 이미 제 兩班을 팔았으니, 이 마을의 富者가 이제는 兩班입니다. 小人이 어찌 감히 예전의 稱號를 함부로 쓰면서 스스로 높은 척하오리까?" 했다.

군수가 탄복하며, "君子로다, 富者여! 兩班이로다, 富者여! 富者로서 吝嗇하지 않은 것은 義이고, 남의 어려운 일을 봐준 것은 仁이며, 卑賤한 것을 싫어하고 尊貴한 것을 바라는 것은 智라 할 것이니 이 사람이야말로 참으로 兩班이로다. 아무리 그렇지만 私的으로 주고받았을 뿐 아무런 證書도 作成하지 않았으니 이는 訴訟의 빌미가 될 것이다. 그러므로 나와 너는 고을 百姓들을 불러 모아 그들을 證人으로 세우고, 證書를 作成하여 믿게 하자. 郡守인 나도 당연히 自手로 手決할 것이다." 했다. 그리고 郡守는 官舍로 돌아와, 고을 안의 士族 및 農夫, 匠人, 장사치들을 모조리 불러다 뜰 앞에 모두 모이게 하고서, 富者를 鄕所의 오른편에 앉히고 兩班은 公兄의 아래에 서게 하고 다음과 같이 證書를 作成했다.

"乾隆 10년(1745, 英祖 21) 9월 모일 위의 明文은 兩班을 값을 쳐서 팔아 官穀을 갚기 위한 것으로서 그 값은 1천섬이다. 대체 그 兩班이란, 이름 붙임 갖가지라. 글을 읽은 이는 선비가 되고, 벼슬아치는 大夫가 되고, 德이 있으면 君子란다. 武官 줄은 西쪽이요, 文官 줄은 東쪽이라. 이것이 바로 兩班, 네 맘대로 따를지니. 鄙陋한 일 끊어 버리고, 옛사람을 欽慕하고 뜻을 高尙하게 가지며, 五更이면 늘 일어나 유황에 불붙여 기름등잔 켜고서, 눈은 코끝을 내리 보며 발꿈치를 괴고 앉아, 얼음 위에 박 밀듯이 ≪東萊博議≫를 줄줄 외어야 한다.(중략)

부자가 그 文書 內容을 듣고 있다가 혀를 내두르며, "그만두시오. 그만두시오. 참으로 孟浪한 일이요. 將次 나로 하여금 도적놈이 되란 말입니까?" 하며 머리를 흔들고 가서는, 終身토록 다시 兩班의 일을 입에 내지 않았다.(後略)[40]

---

40) 朴趾源 著, 신호열 외 옮김, ≪연암집≫, 한국고전번역원, 2004.

연암에게
글쓰기를 배우다

平素 같으면 있을 수 없는 일이었지만 오늘은 달랐다. 아버지 遺稿의 眞僞 與否가 이 책에 달려 있었다. 宗采는 다시 책을 읽기 전에 우선 붓을 들어 지금까지 理解한 內容을 整理했다.

"原則을 따르되 適切하게 變通하라. 意中을 正確히 傳達하라. 讀書란 책을 읽는 것이다. 그런데 曾子의 弟子인 公明宣은 책을 읽는 대신 스승의 행동을 보고 배운 길을 擇했다. 結局 스승이란 책을 읽은 公明宣은 넓은 意味의 讀書를 한 셈이었다. 公明宣이 擇한 길이야말로 讀書를 創造的으로 變通한 것이었다. 韓信도 마찬가지였다. 背水陣은 兵法에서 禁하는 것이었다. 하지만 韓信은 무턱대고 兵法을 따르는 대신 兵法의 意味를 읽어냈다. 이것 또한 創造的인 變通의 좋은 事例다. 글도 마찬가지리라. 남의 의견을 아무 생각 없이 踏襲해서는 좋은 글을 남길 수 없다."

宗采는 아버지의 말 하나를 어렵사리 記憶해냈다. "司馬遷과 班固가 다시 태어난다 해도 결코 그들을 배우지 않으리라." 司馬遷과 班固를 배우되 지금 여기에 맞는 글을 써야 한다는 아버지의 다짐이 담겨 있는 말씀이었다는 것을 宗采는 이제야 깨달았다.

耳鳴과 코골이는 또 어떠한가. 自己만 알고 남들은 모르는 것이 耳鳴이고, 自己만 모르고 남들은 다 아는 것이 코골이다. 둘 다 잘못된 것이다. 쓰는 사람이 自身의 意中을 읽는 사람에게 正確히 傳達할 수 있을 때 비로소 좋은 글이라 할 수 있다. 그러기 위해서는 我執과 獨善에서 벗어나 客觀的인 根據를 提示하는 精密한 글을 써야 한다.

宗采는 붓을 놓고 아버지의 遺稿더미를 쳐다보았다. 글쓰기의 法則을 얻는 것도 좋지만 그로 말미암아 아버지의 글들이 迷宮으로 빠지는 것은 바라지 않는다. 과연 저 글들의 운명은 어떻게 될까. 宗采는 마음이 무거웠다.[41]

---

41) 설흔, 박현찬 지음, ≪연암에게 글쓰기를 배우다≫, 예담, 2007.

연습문제

[1~5] 다음 한자의 독음이 바른 것은?

1. 素 : ① 류　② 소　③ 탁　④ 윤

2. 班 : ① 복　② 폭　③ 반　④ 박

3. 廳 : ① 청　② 정　③ 덕　④ 사

4. 穀 : ① 환　② 곡　③ 매　④ 침

5. 査 : ① 목　② 시　③ 요　④ 사

[6~10] 다음의 독음을 가진 것은?

6. 찰 : ① 抽　② 哉　③ 察　④ 遺

7. 순 : ① 雲　② 巡　③ 損　④ 朔

8. 환 : ① 暄　② 還　③ 囊　④ 壞

9. 군 : ① 郡　② 守　③ 王　④ 垣

10. 답 : ① 媒　② 踏　③ 牆　④ 稼

[11~15] 다음 한자의 뜻이 바른 것은?

11. 證 : ① 말하다　② 적다　③ 꾸미다　④ 증명하다

12. 吝 : ① 아끼다　② 밉다　③ 곱다　④ 꼬이다

13. 陋 : ① 마을　②잠기다　③어둡다　④비루하다

14. 創 : ① 잇다　②만들다　③매달다　④잡다

15. 據 : ① 부르다　②돕다　③비추다　④의거하다

[16~20] 다음의 뜻을 가진 것은?

16. 잡다　　: ① 鞠　②嗣　③執　④擊

17. 남기다　: ① 班　②遺　③攀　④盤

18. 울리다　: ① 銘　②鳴　③近　④遼

19. 등지다　: ① 背　②培　③拈　④捻

20. 기억하다 : ① 驕　②巧　③玄　④憶

[21~25] 다음 글을 읽고 물음에 답하시오.

　　兩班이란 ⓐ사족을 높여 부르는 말이다. 旌善 고을에 한 兩班이 있었는데 어질고 글 읽기를 좋아하였으므로, 郡守가 새로 ㉠赴任하게 되면 반드시 몸소 그의 집에 가서 인사를 차렸다. 그러나 집이 가난하여 해마다 ㉡官聽의 ㉢還穀을 빌려 먹다 보니, 해마다 쌓여서 그 빚이 千石에 이르렀다. 觀察使가 고을을 巡幸하면서 환곡 ㉣出納을 ㉤調査해 보고 크게 怒하여, "어떤 놈의 兩班이 ㉥軍糧米를 축냈단 말인가?"하고서 그 兩班을 잡아 가두라고 命했다. 郡守는 그 兩班이 가난하여 ㉦報償을 할 길이 없음을 내심 안타깝게 여겨 차마 가두지는 못하였으나, 그 역시도 어찌할 수 없는 일이었다. 兩班이 어떻게 해야 할 줄을 모르고 밤낮으로 울기만 하고 있으니, 그의 아내가 몰아세우며, "당신은 ⓑ平素에 그렇게도 글을 잘 읽지만 ㉧縣官에게 還穀을 갚는 데에는 아무 ⓒ소용이 없구려. 쯧쯧 兩班이라니, 한 푼짜리도 못 되는 그놈의 兩班."이라 했다.

21. ㉠~㉣의 한자 표기가 바르지 **않은** 것은?

① ㉠赴任　②㉡官聽　③㉢還穀　④㉣出納

22. ㉤~㉧의 독음이 바르지 **않은** 것은?

① ㉤수사　②㉥군량미　③㉦보답　④㉧현관

23. ⓐ'사족'을 바르게 쓴 것은?

① 四族　　② 蛇足　　③ 事族　　④ 士族

24. ⓑ'平素'의 '素' 자와 쓰임이 다른 것은?

① 素服　　② 要素　　③ 素材　　④ 素地

25. ⓒ'소용'을 한자로 써 보시오. (　　　　　)

[26~30] 다음 글을 읽고 물음에 답하시오.

　　㉠耳鳴과 코골이는 또 어떠한가. ㉡自己만 알고 남들은 모르는 것이 이명이고, 자기만 모르고 남들은 다 아는 것이 코골이다. 둘 다 잘못된 것이다. 쓰는 사람이 自身의 ㉢意中을 읽는 사람에게 ㉣正確히 ㉤傳達할 수 있을 때 비로소 좋은 글이라 할 수 있다. 그러기 위해서는 ㉥我執과 ⓐ독선에서 벗어나 客觀的인 ㉦根據를 ㉧提示하는 ⓑ정밀한 ⓒ글을 써야 한다.

26. ㉠~㉣의 한자 표기가 바르지 **않은** 것은?

① ㉠耳鳴　　② ㉡自己　　③ ㉢意中　　④ ㉣正確

27. ㉤~㉧의 독음이 바르지 **않은** 것은?

① ㉤전달　　② ㉥아집　　③ ㉦근거　　④ ㉧제시

28. ⓐ'독선'을 한자로 쓰시오. (　　　　　)

29. ⓑ'정밀'의 '정' 자와 쓰임이 같은 것은?

① 停止　　② 整頓　　③ 精髓　　④ 適正

30. ⓒ'글'의 뜻을 가진 한자는?

① 信　　② 言　　③ 判　　④ 文

읽을거리

<兩班傳>

兩班者, 士族之尊稱也. 旌善之郡, 有一兩班, 賢而好讀書, 每郡守新至, 必親造
其廬而禮之. 然家貧, 歲食郡糶, 積歲至千石, 觀察使巡行郡邑, 閱糴糶, 大怒曰,
何物兩班, 乃乏軍興, 命囚其兩班. 郡守意哀其兩班貧, 無以爲償, 不忍囚之, 亦無
可奈何. 兩班日夜泣, 計不知所出, 其妻罵曰, "生平子好讀書, 無益縣官糶, 咄兩
班, 兩班不直一錢."

其里之富人, 私相議曰, 兩班雖貧, 常尊榮, 我雖富, 常卑賤, 不敢騎馬. 見兩班
則跼蹜屛營, 匍匐拜庭, 曳鼻膝行, 我常如此, 其僇辱也. 今兩班貧不能償糶, 方大
窘. 其勢誠不能保其兩班, 我且買而有之. 遂踵門而請償其糶, 兩班大喜許諾. 於
是富人立輸其糶於官, 郡守大驚異之(後略)[42]

---

42) 朴趾源, 《燕巖集》 第8卷, 別集 <放璚閣外傳>.

<春城遊記>-柳得恭

庚寅三月三日, 與燕巖靑莊入三淸洞, 渡倉門石橋, 訪三淸殿古址. 有廢田百卉之所茁. 班而坐, 綠汁染衣. 靑莊多識菜名, 余攬而問之, 無不對者, 錄之數十種. 有是哉, 靑莊之博雅也. 日晚沽酒而飮.

翌日登南山. 由長興之坊, 穿會賢之坊. 近山多古宰相居. 頹垣之內, 古松古檜, 落落存矣. 試陟其崇阜而望. 白岳圓而銳如覆帽. 道峯簇簇如壺中之矢筒中之筆也 仁王如人之已解其拱而其肩猶翼如也. 三角如衆夫觀塲, 一長人自後俯而瞰之, 衆夫之笠, 參其頷也. 城中之屋, 如靑黎之田新畊而粼粼. 大道如長川之劈野而露其數曲. 人與馬其川中之魚鰕也

都之戶號八萬,　其中之此時之方歌方哭方飮食方博奕方譽人毀人方作事謀事. 使高處人總而觀之, 可發一笑也. [43)

────────────

43) 柳得恭, ≪泠齋集≫, 卷15.

11과

스승과 제자

한유의
스승에 대한 설

　옛날 배우는 者들은 반드시 스승이 있었으니, 스승이란 道를 傳授하고 業을 가르쳐주고 疑惑을 풀어주는 사람이다. 사람이 태어나면서부터 아는 者가 아니면 그 누가 疑惑이 없겠는가. 疑惑이 있으면서 스승을 따라 배우지 않는다면 그 疑惑은 끝내 풀리지 않을 것이다. 나보다 앞에 태어나서 道를 듣는 일이 眞實로 나보다 먼저라면 내가 그를 따라서 스승으로 삼을 것이며, 나보다 뒤에 태어났더라도 道를 듣는 것이 또한 나보다 먼저라면 나는 그를 따라서 스승으로 삼아야 한다. 나는 道를 스승으로 삼으니, 그 나이가 나보다 먼저 태어나고 뒤에 태어남을 어찌 따지겠는가. 그러므로 身分의 貴賤도 없으며 長少도 없고 道가 있는 곳은 스승이 있는 곳이다.

　아, 슬프다. 師道가 傳해지지 못한 지 오래되었으니, 사람들이 疑惑함을 없게 하고자 하나 어려운 것이다. 옛날 聖人은 普通사람보다 뛰어남이 越等하였으나 오히려 스승을 좇아 물었는데, 지금의 衆人들은 聖人보다 낮음이 越等하나 스승에게 배우기를 부끄러워한다. 이 때문에 聖人은 더욱 聖人이 되고, 어리석은 사람은 더욱 어리석은 사람이 되니, 聖人이 聖人이 된 이유와 어리석은 사람이 어리석은 사람이 된 理由는 그 모두 여기에서 나온 것이다. 그 자식을 사랑함에는 스승을 가려 가르치되 자기 자신에게 있어서는 스승으로 삼기를 부끄러워하니, 이는 迷惑된 것이다. 저 童子의 스승은 책을 가르쳐주어 句讀를 익히게 하는 자이니, 내가 말하는

道를 傳授하고 疑惑을 풀어준다는 자는 아니다. 句讀를 알지 못함과 의혹을 풀지 못함에 혹은 스승으로 삼고 혹은 스승으로 삼지 아니하여, 작은 것은 배우고 큰 것은 버리니, 나는 그 현명함을 보지 못하겠다.(後略)[44]

---

44) 성백효 역, ≪古文眞寶≫, 전통문화연구회, 2001.

교사가 공부하자,
아이들이 달라졌다

툭 하면 無斷 早退를 일삼던 A군(16)은 요즘 몰라보게 달라졌다. "學校가 싫다"며 뛰쳐나가던 버릇은 사라지고 授業時間 내내 꿋꿋이 자리를 지킨다. 엉뚱한 소리로 딴죽을 걸며 授業을 妨害하기 바빴던 B양(15)도 이제는 雜談하는 親舊들을 먼저 나서 訓戒할 만큼 공부에 재미를 붙였다.

한때는 問題兒였던 이 아이들이 模範生으로 바뀐 것은 授業이 재미있어졌기 때문이다. 지난해부터 授業 改革에 나선 京畿 시흥의 장곡중 敎師들은 "敎師들이 勞力[努力]을 하지 않으니 公敎育이 늘 그대로인 것이다. 마음만 먹으면 얼마든지 授業內容을, 學生들을 發展시킬 수 있다."고 斷言했다.

장곡중학교의 授業時間은 여느 學校처럼 筆記와 講義로 이뤄지지 않는다. 英語 時間에 敎科書는 웬만하면 들추지 않는다. 大多數 아이들이 學院에서 한번씩은 다 훑어본 內容이라 關心을 刺戟할 수 없기 때문. 代身 敎師들은 該當 團員의 키워드를 뽑아 完全히 새로운 敎材를 만든다. 主題가 'Hero'이면 寄附天使로 잘 알려진 가수 김장훈 關聯 記事를 紹介하고 우리 時代 英雄의 意味를 討論한다. 손가영 英語敎師는 "모든 學生들이 난생 처음 보는 敎材를 만들려고 功을 들인다."고 말했다. "4名이 1組가 돼 授業하는데 한 명이라도 '다 아는 內容'이라며 시큰둥하면 모르는 옆 친구들이 萎縮돼 배우고자 하는 意志를 놓아버리기 때문"이다.

試驗問題에도 아이들의 목소리가 反映된다. 英語 單語 中 可算名詞와 不可算名

詞를 區分하는 基準을 찾아보라는 課題를 던졌을 때 아이들이 내놓는 答은 多樣하다. "形態가 一定치 않고 抽象的인 單語는 不可算"이라며 學院式 正答을 외치는 아이들이 있는가 하면 "뭉크러지기 쉽고, 눈이 아닌 마음으로 볼 수 있는 單語가 不可算"이라고 獨創的인 言語로 表現하는 아이도 있다. 敎師는 學生들이 對答한 表現을 그대로 試驗問題 보기에 넣는데, 그러면 또 다시 學生들의 授業 參與가 활발해진다.

이밖에 일부러 어려운 水準의 課題를 提示하는 것도 學生 參與를 誘導하는 方法 中 하나다. 장곡중의 授業 改革은 지난해 3月부터 始作됐다. 敎師 52名 全員이 每週 水曜日마다 모여 創意 授業이 어떻게 가능할지 머리를 맞댔다. 學校는 行政 人力 3名을 配置해 敎師들의 公文 業務를 줄였고 學級當 40名이 넘던 學生數도 30名까지 줄였다.

結果는 놀라울 程度다. 가장 먼저 學生들의 反應이 달라졌다. 工夫에 興味가 없었다는 김모(16)군은 "親舊들과 組別로 討論하는 協同授業에선 모르는 게 있어도 부끄럽지 않다. 工夫 잘하는 애도 틀리는 모습을 보면서 나도 할 수 있다는 自信感을 얻었다."고 말했다.

雰圍氣만 좋은 것이 아니라 成績도 結實을 내고 있다. 授業 改革을 시행하기 前인 2009年과 後인 2010年 國家水準學業成就度評價 結果를 比較해 보면 普通 以上 學生 比率이 64.3%에서 73.3%로 9%포인트나 上昇했다. 基礎學力, 基礎未達 學生은 각각 3.8%, 5.2%씩 줄었다.

미심쩍어하던 學父母들도 이제는 마음을 놓는 雰圍氣다. 學父母 정재란 씨는 "엄마들 사이에서 '協同授業 했다가 工夫 잘하는 애들만 損害 보는 것 아니냐, 入試 競爭力이 떨어지는 것 아니냐'는 걱정이 많았지만 아이들이 좋아지는 걸 確認하니 믿음이 간다."고 말했다. 外高 進學을 希望하는 정씨의 아이는 지난달 2년 넘게 다닌 綜合班 學院을 아예 끊었다. 學校 工夫만으로도 充分하다며 아이가 스스로 내린 決定이었다. 정씨는 "協同수업을 통해 잘 모르는 親舊에게 차근차근 說明해주면서 아이의 배움이 더 탄탄해진 것 같다."고 뿌듯해했다.[45]

---

45) 강윤주 기자, 한국일보 2011.06 기사.

[1~5] 다음 한자의 독음이 바른 것은?

1. 疑 : ① 치   ② 의   ③ 양   ④ 찬

2. 賤 : ① 천   ② 빈   ③ 증   ④ 억

3. 普 : ① 통   ② 상   ③ 보   ④ 면

4. 越 : ① 초   ② 월   ③ 속   ④ 적

5. 聖 : ① 인   ② 만   ③ 어   ④ 성

[6~10] 다음의 독음을 가진 것은?

6. 사 : ① 騰   ② 屬   ③ 師   ④ 燭

7. 두 : ① 帳   ② 帷   ③ 幕   ④ 讀

8. 미 : ① 書   ② 迷   ③ 梅   ④ 長

9. 등 : ① 觴   ② 等   ③ 省   ④ 蔡

10. 단 : ① 晏   ② 譙   ③ 軒   ④ 斷

[11~15] 다음 한자의 뜻이 바른 것은?

11. 루 : ① 뜨다   ② 들다   ③ 주다   ④ 일찍

12. 改 : ① 밀치다   ② 고치다   ③ 감다   ④ 숭상하다

13. 模 : ① 본보기　　② 모시다　　③ 막대　　④ 믿다

15. 該 : ① 말하다　　② 참다　　③ 갖추다　　④ 두려워하다

15. 兒 : ① 걸음　　② 오랜　　③ 공이　　④ 아이

[16~20] 다음의 뜻을 가진 것은?

16. 위축되다 : ① 倭　　② 苞　　③ 縮　　④ 頓

17. 뽑다　　 : ① 油　　② 唯　　③ 閨　　④ 抽

18. 기준　　 : ① 譽　　② 準　　③ 餘　　④ 流

19. 부치다　 : ① 序　　② 數　　③ 辭　　④ 寄

20. 둥글다　 : ① 率　　② 粟　　③ 團　　④ 績

[21~25] 다음 글을 읽고 물음에 답하시오.

　　무당과 ㉠醫員, ㉡樂師와 ㉢百工의 사람들은 서로 스승으로 삼기를 부끄러워하지 않는데, 士大夫의 집안들은 스승이라 하고 ㉣第子라고 말하면 여럿이 모여 비웃는다. 그 理由를 물으면 "저와 저는 나이가 서로 비슷하고 道가 서로 비슷하다. 지위가 낮은데 스승으로 삼으면 부끄러울 만하고, 벼슬이 높은데 스승으로 삼으면 ㉤阿諂에 가깝다"라고 하니, 아 슬프다. 師道를 ㉥回復하지 못함을 알 수 있겠다. 무당과 의원, 악사와 백공의 사람은 군자들이 끼워주지 않으나 지혜가 마침내 도리어 그들에게 미치지 못하니, 怪異한 일이다. (中略) 道를 들음에 ⓐ선후가 있고 學術에 ㉦專攻이 있어서이니, 이와 같을 뿐이다. 李氏의 아들 蟠이 古文을 좋아하고 六藝와 經傳을 모두 ㉧通達하여 익혔는데, 時俗에 ⓑ구애되지 않고 나에게 배우기를 청하였으므로, ⓒ나는 그가 能히 古道를 행함을 가상히 여겨 師說을 지어 주는 것이다.

21. ㉠~㉣의 한자 표기가 바르지 **않은** 것은?

① ㉠醫員　　② ㉡樂師　　③ ㉢百工　　④ ㉣第子

22. ㉤~㉧의 독음이 바르지 **않은** 것은?

① ㉤아첨　　② ㉥회부　　③ ㉦전공　　④ ㉧통달

23. ⓐ'선후'를 한자로 쓰시오.(   )

24. ⓑ'구애'를 바르게 쓴 것은?
 ① 求愛   ② 拘得   ③ 拘碍   ④ 句碍

25. ⓒ'나'의 뜻을 가진 한자는?
 ① 爾   ② 是   ③ 吾   ④ 汝

[26~30] 다음 글을 읽고 물음에 답하시오.

ⓐ雰圍氣만 좋은 것이 아니라 成績도 結實을 내고 있다. 授業 ⓛ改革을 시행하기 前인 2009年과 後인 2010年 國家水準學業成就度評價 ⓒ結果를 比較해 보면 ⓔ普通 以上 學生 ⓐ比率이 64.3%에서 73.3%로 9%포인트나 ⓜ上昇했다. 基礎學力, 基礎未達 學生은 각각 3.8%, 5.2%씩 줄었다. 미심쩍어하던 學父母들도 이제는 마음을 놓는 분위기다. 學父母 정재란 씨는 "엄마들 사이에서 '協同授業 했다가 工夫 잘하는 애들만 ⓗ損害 보는 것 아니냐, ⓢ入試 競爭力이 떨어지는 것 아니냐'는 걱정이 많았지만 아이들이 좋아지는 걸 ⓞ確認하니 믿음이 간다."고 말했다. 外高 進學을 希望하는 정씨의 아이는 지난달 2년 넘게 다닌 綜合班 學院을 아예 끊었다. 學校 工夫만으로도 充分하다며 아이가 스스로 내린 ⓑ결정이었다. 정씨는 "協同수업을 통해 잘 모르는 親舊에게 차근차근 ⓒ설명해주면서 아이의 배움이 더 탄탄해진 것 같다."고 뿌듯해했다.

26. ㉠~㉣의 한자 표기가 바르지 <u>않은</u> 것은?
 ① ㉠雰圍氣   ② ㉡改革   ③ ㉢結果   ④ ㉣普通

27. ㉤~㉺의 독음이 바르지 <u>않은</u> 것은?
 ① ㉤상승   ② ㉻손해   ③ ㉾입시   ④ ㉺용인

28. ⓐ'比率'의 '率' 자와 쓰임이 <u>다른</u> 하나는?
 ① 確率   ② 同率   ③ 食率   ④ 能率

29. ⓑ'결정'의 '결' 자를 바르게 쓴 것은?

① 結局　　② 缺如　　③ 判決　　④ 廉潔

30. ⓒ'설명'을 한자로 써 보시오. (　　　　　　)

읽을거리

<師說>-韓愈

古之學者, 必有師, 師者, 所以傳道, 授業, 解惑也. 人非生而知之者, 孰能無惑. 惑而不從師, 其爲惑也, 終不解矣. 生乎吾前, 其聞道也, 固先乎吾, 吾從而師之, 生乎吾後, 其聞道也, 亦先乎吾, 吾從而師之. 吾師道也, 夫庸知其年之先後生於吾乎. 是故, 無貴無賤, 無長無少, 道之所存, 師之所存也.

嗟乎, 師道之不傳也久矣, 欲人之無惑也, 難矣. 古之聖人, 其出人也遠矣, 猶且從師而問焉, 今之衆人, 其下聖人也亦遠矣, 而恥學於師. 是故, 聖益聖, 愚益愚, 聖人之所以爲聖, 愚人之所以爲愚, 其皆出於此乎.

愛其子, 擇師而敎之, 於其身也, 則恥師焉, 惑矣. 彼童子之師, 授之書而習其句讀者也, 非吾所謂傳其道解其惑者也. 句讀之不知, 惑之不解, 或師焉, 或否焉, 小學而大遺, 吾未見其明也.[46]

---

46) 韓愈, <師說>,《詳說古文眞寶大全》, 卷4.

<春夜宴桃李園序>-李白

夫天地者, 萬物之逆旅, 光陰者, 百代之過客. 而浮生若夢, 爲歡幾何. 古人秉燭
夜遊, 良有以也. 況陽春召我以煙景, 大塊假我以文章. 會桃李之芳園, 序天倫之
樂事, 群季俊秀, 皆爲惠連, 吾人詠歌慚獨康樂. 幽賞未已, 高談轉淸. 開瓊筵以坐
花, 飛羽觴而醉月, 不有佳作, 何伸雅懷. 如詩不成, 罰依金谷酒數.[47]

---

47) 李白, <春夜宴桃李園序>, ≪詳說古文眞寶大全≫, 卷2.

12과

목민과 그 개념

목민이란

牧民者가 百姓을 위해서 있는 것인가, 百姓이 牧民者를 위해서 있는 것인가? 百姓이 粟米와 麻絲를 생산하여 牧民者를 섬기고, 또 輿馬와 騶從을 내어 牧民者를 餞送도 하고 歡迎도 하며, 또는 膏血과 津髓를 짜내어 牧民者를 살찌우고 있으니, 百姓이 과연 牧民者를 위하여 있는 것일까? 아니다. 그건 아니다. 牧民者가 百姓을 爲하여 있는 것이다.

옛날에야 百姓이 있었을 뿐 무슨 牧民者가 있었던가. 百姓들이 옹기종기 모여 살면서 한 사람이 이웃과 다투다가 해결을 보지 못한 것을 公言을 잘하는 長者가 있었으므로 그에게 가서야 解決을 보고 四隣이 모두 感服한 나머지 그를 推戴하여 높이 모시고는 이름을 里正이라 하였다. 또 여러 마을 百姓들이 자기 마을에서 解決 못한 다툼거리를 가지고 俊秀하고 識見이 많은 長者를 찾아가 그에게서 解決을 보고는 여러 마을이 모두 感服한 나머지 그를 推戴하여 높이 모시고서 이름을 黨正이라 하였다. 또 여러 고을 百姓들이 자기 고을에서 解決 못한 다툼거리를 가지고 어질고 德이 있는 長者를 찾아가 그에게서 解決을 보고는 여러 고을이 모두 感服하여 그를 州長이라 하였다. 또 여러 州의 長들이 한 사람을 推戴하여 어른으로 모시고는 그를 國君이라 하였다. 또 여러 나라의 君들이 한 사람을 推戴하여 어른으로 모시고는 그를 方伯이라 하였다. 또 四方의 伯들이 한 사람을 推戴하여 그를 우두머리로 삼고는 그를 皇王이라고 하였으니, 따지자면 皇王의 根本은 里正에서부터 始作된 것으로 百姓을 위하여 牧民者가 있었던 사실을 알 수 있다.[48]

'목민'의 개념

　'牧民'은 人民을 다스린다는 뜻의 말이다. 따라서 牧民은 '治民'이라고 바꾸어도 좋은 것이다. 이때 '牧'은 統治行爲를 意味하는데 바로 統治者를 牧으로 일컫기도 하였다. 牧이란 글자의 여러 가지 뜻풀이에 國王이나 고을의 官長을 가리키는 意味도 들어있다. 地方官을 牧으로 指稱한 것은 아득한 옛날부터였다. ≪書經≫에서 舜임금은 12州의 長을 가리켜 12牧이라고 稱했던 것이다. 政治란 治者와 被治者의 關係에서 成立한다고 볼 때 牧民은 바로 政治이다.

　그런데, '牧'이란 글자의 一次的 意味는 家畜을 기른다는 뜻이다. 소나 양 같은 짐승을 기르는 곳을 牧場, 기르는 者를 牧童이라고 부르지 않는가. 人民을 다스린다는 뜻도 실은 이 一次的 意味에서 擴張된 것이다. 牧民의 槪念은 사람을 짐승의 次元으로 格下시킨 政治論理라는 느낌이 들기도 하는 것이다. 그 意味하는 바가 이런 次元이 아닌 것은 勿論이다. 하늘이 萬事萬物을 主宰하고 化育한다는 觀念의 所産이었다. ≪牧民心鑑≫이란 冊의 序文에서는 이렇게 闡明하고 있다. "하늘이 이 百姓을 낳음에 調節하고 보살피는 일을 다 할 수 없기 때문에 天子에게 委任하였으며, 天子는 혼자서 다 다스릴 수 없기 때문에 司牧에게 委任한 것이다." 天子는 하늘로부터 하늘의 共有한 權能을 委任받은 存在이고 地方官은 天子의 代理人

---

48) 丁若鏞 著, 양홍렬 외 옮김, ≪국역 다산시문집≫, 한국고전번역원, 1983.

이라는 생각이다. (中略)

　茶山의 ≪牧民心書≫는 첫머리를 "다른 벼슬은 구해도 좋으나 牧民의 벼슬을 구해서는 안 된다."는 文章으로 始作하고 있다. 能力이 미치지 못하는 者는 牧民官을 하겠다고 덤벼서는 안 된다는 뜻이다. 茶山은 이 文章에 "오직 守令은 萬百姓을 主宰하니 하루에 온갖 政務를 處理함이 그 規模가 작을 뿐 本質은 다름이 없으므로, 天下國家를 다스리는 者와 비록 大小는 다르지만 處地는 實로 같은 것이다."는 說明을 달아놓았다.

　州・部・郡・縣으로 나뉜 地方 行政의 單位에서 守令이 管掌하는 範圍는 조그맣지만 守令은 自己 營域 內에서 全權을 行事하게 된다. 그러므로 國王과 守令은 規模는 달라도 處地가 비슷하다고 말한 것이다. 郡縣제하의 守令을 封建제하의 領主와 類似한 성격으로 把握한 셈이다. 牧民書類는 바로 이런 守令들에게 參考와 指針이 되도록 하기 위해 著述된 책이었다.[49]

---

49) 임형택, <≪牧民心書≫의 이해>, 한국실학연구 13권, 2007.

연습문제

[1~5] 다음 한자의 독음이 바른 것은?

1. 牧 : ① 두   ② 첨   ③ 목   ④ 원

2. 餞 : ① 송   ② 전   ③ 실   ④ 반

3. 膏 : ① 고   ② 골   ③ 각   ④ 첨

4. 解 : ① 후   ② 구   ③ 거   ④ 해

5. 輿 : ① 여   ② 궐   ③ 집   ④ 열

[6~10] 다음의 독음을 가진 것은?

6. 마 : ① 頭   ② 蹈   ③ 麻   ④ 優

7. 수 : ① 導   ② 髓   ③ 耀   ④ 躍

8. 복 : ① 誅   ② 戮   ③ 服   ④ 罰

9. 통 : ① 盜   ② 蹴   ③ 奏   ④ 統

10. 피 : ① 被   ② 護   ③ 獲   ④ 得

[11~15] 다음 한자의 뜻이 바른 것은?

11. 戴 : ① 말하다   ② 웃다   ③ 꾸미다   ④ 올리다

12. 任 : ① 맡기다   ② 믿다   ③ 곱다   ④ 꼬이다

13. 掌 : ① 햇빛　　　② 잠기다　　　③ 어둡다　　　④ 손바닥

14. 封 : ① 잇다　　　② 봉하다　　　③ 매달다　　　④ 잡다

15. 茶 : ① 부르다　　　② 돕다　　　③ 비추다　　　④ 차

[16~20] 다음의 뜻을 가진 것은?

16. 가리키다 : ① 鞠　　② 指　　③ 射　　④ 擊

17. 낳다　　 : ① 班　　② 産　　③ 攀　　④ 盤

18. 참고하다 : ① 像　　② 垣　　③ 參　　④ 遼

19. 비슷하다 : ① 恬　　② 類　　③ 拈　　④ 捻

20. 잡다　　 : ① 握　　② 巧　　③ 玄　　④ 蒙

[21~25] 다음 글을 읽고 물음에 답하시오.

　　牧民者가 百姓을 위해서 있는 것인가, 百姓이 牧民者를 위해서 있는 것인가? 百姓이 粟米와 ㉠麻絲를 생산하여 牧民者를 섬기고, 또 輿馬와 騶從을 내어 牧民者를 ㉡餞送도 하고 ㉢歡迎도 하며, 또는 ㉣藁血과 ㉤津髓를 짜내어 牧民者를 살찌우고 있으니, 百姓이 과연 牧民者를 위하여 있는 것일까? 아니다. 그건 아니다. 牧民者가 百姓을 爲하여 있는 것이다. 옛날에야 百姓이 있었을 뿐 무슨 牧民者가 있었던가. 百姓들이 옹기종기 모여 살면서 한 사람이 ⓐ이웃과 다투다가 해결을 보지 못한 것을 公言을 잘하는 長者가 있었으므로 그에게 가서야 ㉥解決을 보고 四隣이 모두 ㉦感服한 나머지 그를 ㉧推戴하여 높이 모시고는 이름을 里正이라 하였다. 또 여러 마을 百姓들이 자기 마을에서 解決 못한 다툼거리를 가지고 ⓑ준수하고 ⓒ식견이 많은 長者를 찾아가 그에게서 해결을 보고는 여러 마을이 모두 감복한 나머지 그를 추대하여 높이 모시고서 이름을 黨正이라 하였다.

21. ㉠~㉣의 한자 표기가 바르지 **않은** 것은?

① ㉠麻絲　　② ㉡餞送　　③ ㉢歡迎　　④ ㉣藁血

22. ㉤~㉧의 독음이 바르지 **않은** 것은?

① ㉤진수　　② ㉥해결　　③ ㉦감탄　　④ ㉧추대

23. ⓐ'이웃'의 뜻을 가진 한자는?

① 變   ② 舜   ③ 憐   ④ 鄰

24. ⓑ'준수'의 '준' 자와 쓰임이 같은 것은?

① 遵法   ② 俊傑   ③ 駿馬   ④ 基準

25. ⓒ'식견'을 한자로 써 보시오. (   )

[26~30] 다음 글을 읽고 물음에 답하시오.

茶山의 《牧民心書》는 첫머리를 "다른 벼슬은 구해도 좋으나 牧民의 벼슬을 구해서는 안 된다."는 ㉠文章으로 始作하고 있다. 能力이 미치지 못하는 者는 牧民官을 하겠다고 덤벼서는 안 된다는 뜻이다. 茶山은 이 文章에 "오직 守令은 萬百姓을 主宰하니 하루에 온갖 ㉡定務를 處理함이 그 ㉢規模가 작을 뿐 本質은 다름이 없으므로, 天下國家를 다스리는 者와 비록 大小는 다르지만 ㉣處地는 實로 같은 것이다."는 ㉤說明을 달아놓았다. 州·部·郡·縣으로 나뉜 地方 行政의 ㉥單位에서 守令이 ㉦管掌하는 ㉧範圍는 조그맣지만 守令은 自己 營域 內에서 全權을 行事하게 된다. 그러므로 國王과 守令은 規模는 달라도 處地가 비슷하다고 말한 것이다. 郡縣제하의 守令을 封建제하의 領主와 ⓐ유사한 성격으로 把握한 셈이다. 牧民書類는 바로 이런 守令들에게 ⓑ參考와 指針이 되도록 하기 위해 ⓒ저술된 책이었다.

26. ㉠~㉣의 한자 표기가 바르지 **않은** 것은?
① ㉠文章   ② ㉡定務   ③ ㉢規模   ④ ㉣處地

27. ㉤~㉧의 독음이 바르지 **않은** 것은?
① ㉤설명   ② ㉥단위   ③ ㉦관장   ④ ㉧범주

28. ⓐ'유사'의 '유' 자와 쓰임이 같은 것은?
① 流水   ② 維持   ③ 類別   ④ 遊覽

29. ⓑ'參考'의 '參' 자와 쓰임이 **다른** 한자는?

　① 參與　　② 同參　　③ 參加　　④ 參星

30. ⓒ의 '저술'을 한자로 쓰시오.(　　　　　　　　)

<牧民>-丁若鏞

牧爲民有乎, 民爲牧生乎, 民出粟米麻絲, 以事其牧, 民出輿馬騶從, 以送迎其牧, 民竭其膏血津髓, 以肥其牧, 民爲牧生乎, 曰否否, 牧爲民有也.

邃古之初, 民而已, 豈有牧哉. 民于于然聚居, 有一夫與鄰鬨莫之決, 有叟焉善爲公言, 就而正之, 四鄰咸服, 推而共尊之, 名曰里正. 於是數里之民, 以其里鬨莫之決, 有叟焉俊而多識. 就而正之, 數里咸服, 推而共尊之, 名曰黨正. 數黨之民, 以其黨鬨莫之決, 有叟焉賢而有德, 就而正之, 數黨咸服, 名之曰州長. 於是數州之長, 推一人以爲長, 名之曰國君. 數國之君, 推一人以爲長, 名之曰方伯. 四方之伯, 推一人以爲宗, 名之曰皇王.(後略)[50]

_____

50) 丁若鏞, ≪茶山詩文集≫卷10.

<答丁承旨>-金邁淳

　秦火之後, 六經殘缺, 辛勤掇拾, 作爲箋注, 使古聖遺言不墜於地者, 皆漢儒之力也, 其功曷可少哉. 但於道理大原, 未甚明瑩, 故或流於讖緯, 或溺於度數, 而學者修身切近之方, 帝王御世經遠之謨, 闃乎其未有發揮也

　至濂洛諸賢, 先後繼作, 而朱夫子集其大成, 始得千載不傳之緒, 以約情復性, 爲聖學之基, 以窮理格物, 爲治平之本, 主一無適之爲敬, 當理無私之爲仁, 指示眞切, 考質無疑. 破反經合道之謬義, 而王伯之術明, 辨皇極大中之錯解, 而好惡之情正, 其摧陷廓淸疏瀹闡發之功, 雖謂之不在禹下可也(後略)[51]

---

51) 金邁淳, ≪臺山集≫, 卷6.

적벽부와
소동파

적벽부

　壬戌年 가을 7月 16日에 蘇子가 客과 함께 배를 띄워 赤壁江 아래에서 노니, 맑은 바람은 서서히 불어오고 波濤는 일어나지 않았다. 술잔을 들어 客에게 권하고 明月詩를 외우며 窈窕章을 노래하였는데, 조금 있다가 달이 동산의 위로 떠올라 斗星과 牛星 사이에 배회하니, 흰 이슬은 江을 가로질러 있고 물빛은 하늘을 접해 있었다. 갈대만한 배의 가는 곳을 따라 萬頃의 아득한 물결을 타고 가니, 너울너울 마치 虛空에 依支하고 바람을 타고 가는 듯하여 그칠 바를 모르겠고, 표표히 世上을 버리고 홀로 서서 鶴이 되어 神仙처럼 오르는 듯하였다. 이에 술을 마시며 몹시 즐거워 뱃전을 두드리고 노래하니, 그 노래에, "계수나무 노와 木蘭 상앗대로 물속에 비치는 달의 그림자를 치며 흐르는 강물을 거슬러 올라간다. 아득하고 아득한 내 마음이여. 美人을 바라보니 하늘 한 쪽에 있도다." 하였다. (중략)

　蘇子가 말하였다.

　"客은 또한 저 물과 저 달을 아는가? 강물은 가기를 이처럼 하지만 일찍이 다하지 않으며, 달은 찼다 기울었다 하기를 저처럼 하나 끝내 사라지거나 자라서 커지지 않는다. 그 變하는 立場에서 본다면 天地도 일찍이 한 순간도 가만히 있지 못하고, 變하지 않는 立場에서 본다면 物件과 우리 人間이 모두 無窮無盡한 것이니, 또 어찌 부러워할 것이 있겠는가? 또 天地 사이에 物件은 各其 主人이 있으니, 만일 나의 소유가 아닐진댄 비록 한 털끝만큼도 취하지 말아야 하거니와 오직 강 위에서 불어오는 淸風과 산 사이의 明月은 귀로 들으면 소리가 되고 눈을 붙이면 色을 이루어, 取하여도 禁하는 者가 없고 써도 다하지 않으니, 이는 造物主의 無窮無盡한 寶庫이며, 나와 그대가 함께 즐겨야 할 것이다."

객은 기뻐하여 웃고 잔을 씻어 交代로 술을 따르니, 안주와 과일이 이미 다하고 술잔과 小盤이 狼藉하였다. 서로 배 가운데 베고 깔고 누워서 東方이 이미 훤하게 밝음을 알지 못하였다.[52]

52) 성백효 역, ≪古文眞寶≫, 전통문화연구회, 2001.

중국의
문호 소동파

蘇東坡의 이름은 中國에서는 모르는 이가 없다. 甚至於 그의 本名 蘇軾보다도 더욱 널리 사람들의 입에 오르내리고 있다. 學識이 깊고 넓은 知識人이나 一般 百姓을 莫論하고 그는 熱情的이고 眞摯한 崇拜者를 가지고 있다. 雅나 俗 두 側面에서 사람들의 相異한 文化的 要求와 審美的 趣向을 滿足시켜 줄 수 있는 中國文化의 巨人은 極히 드물다. 蘇軾은 바로 이러한 小數의 人物 가운데서도 突出한 분이다.

그는 非凡함 天才性과 筆生의 精力으로 豊富하고 깊은 文化遺産을 남겼으며, 詩, 詞, 文, 賦 각 文學營域과 經學, 考古學, 書法, 繪畵, 醫藥, 료理 등에 모두 貢獻과 創造가 있었으며, 적지 않은 營域에 있어서 또한 時代의 最高峰의 位相을 차지하고 있다.

近 千年이래, 그는 剛直함으로 사람들을 激勵하고, 智慧로 啓發시키고, 知識으로 보탬을 주고 味感을 주어, 後世 사람들과 持續的으로 親切하고 感動的인 對話와 交流關係를 맺었다. 이로 因해 下 時代 또 한 時代의 讀者들에게 追憶과 思慕의 情을 갖게 했으니 이는 아주 自然스러운 現狀이다.

일찍이 蘇軾이 살아 있을 때, 그의 作品과 事迹은 이미 國境을 超越하여 世界로 向했는데, 가장 좋은 例는 當時의 高麗이다. 西紀 1076年(宋 神宗 熙寧9년, 고려 文宗 30년, 소식 41세), 高麗의 使臣 崔思訓 等이 中國에 와 杭州를 經遊하면서, 蘇軾이 杭州에서 지은 作品集 ≪錢塘集≫을 찾아 購入하여 歸國하였는데, 이는 蘇軾

의 作品에 대한 高麗 文人의 渴求와 熱望을 表現한 것이다.

그리고 1236年(宋 理宗 端平 3年, 高麗 文宗 23年), 高麗 全州牧 崔君址에 의해 ≪東坡文集≫ 또한 高麗에서 世上에 出版되었는데, 當時 著名한 政治家 李奎報가 跋文을 썼다. 이 全州新雕本이 根據로 한 底本은 尙州摹本인데, 그렇다면 尙州摹本의 模刻 時期는 1236年 以前이 分明하다. 高麗 文人이 心力을 다하여 宋나라에 가서 ≪蘇軾文集≫을 購入하고, 또 蒙古의 先鋒 部隊가 이미 全州에 到着한 危急한 狀況 下에서 蘇軾集을 刊行하였으니, 그 目的은 읽고 받아들이고 硏究하기 위한 것이다.

高麗 權適이 "蘇東坡의 文章이 海外에 알려졌다."라고 한 것은, 蘇軾의 作品이 四海에 傳해진 것을 讚揚한 것이다. 그리고 徐居正의 다음 記錄은, 實際로 蘇軾 文學의 影響이 얼마나 깊고 廣範한 지를 잘 說明하고 있다. ≪東人詩話≫卷上에서 "高麗 文人은 오로지 東坡를 崇尙하여 科擧 及第者의 榜이 나붙을 때마다, 사람들이 말하길, '33人의 東坡가 나왔구나'라고 하였다.

高麗 文人은 蘇軾을 文人의 學問과 文章의 最高 模範으로 삼았으며, 名文집안 出身의 高麗의 大臣 金富軾, 金富轍의 이름을 이렇게 지은 것도 異狀할 것이 없다. 이렇게 이름을 지은 것에는 蘇軾, 蘇轍 兄弟를 思慕한 깊은 情이 남김없이 표현되어 있다.[53]

---

53) 王水照 著, 曹圭百 譯, ≪중국의 문호 소동파≫, 월인, 2001.

▶▶▶ 연습문제

[1~5] 다음 한자의 독음이 바른 것은?

1. 壁 : ① 지 ② 벽 ③ 예 ④ 부

2. 星 : ① 일 ② 생 ③ 성 ④ 위

3. 蘭 : ① 목 ② 부 ③ 괴 ④ 란

4. 鶴 : ① 조 ② 묘 ③ 학 ④ 부

5. 蘇 : ① 미 ② 소 ③ 체 ④ 대

[6~10] 다음의 독음을 가진 것은?

6. 궁 : ① 散 ② 酸 ③ 薪 ④ 窮

7. 장 : ① 邵 ② 修 ③ 場 ④ 肅

8. 보 : ① 距 ② 寶 ③ 涉 ④ 步

9. 진 : ① 盡 ② 莊 ③ 精 ④ 彰

10. 낭 : ① 週 ② 使 ③ 狼 ④ 福

[11~15] 다음 한자의 뜻이 바른 것은?

11. 甚 : ① 오른쪽   ② 깊다   ③ 마치다   ④ 밀다

12. 狀 : ① 부르다   ② 잡다   ③ 삼가다   ④ 형상

13. 麗 : ① 곱다　　② 낮다　　③ 옷깃　　④ 어깨

14. 徊 : ① 가다　　② 나가다　　③ 노닐다　　④ 배회하다

15. 底 : ① 바닥　　② 메다　　③ 많다　　④ 밀다

[16~20] 다음의 뜻을 가진 것은?

16. 생각하다 : ① 底　　② 俠　　③ 考　　④ 陋

17. 지혜　　 : ① 多　　② 寡　　③ 惠　　④ 慧

18. 가득차다 : ① 理　　② 滿　　③ 謂　　④ 護

19. 무리　　 : ① 隊　　② 造　　③ 兆　　④ 助

20. 드러나다 : ① 號　　② 偃　　③ 著　　④ 冶

[21~25] 다음 글을 읽고 물음에 답하시오.

　　壬戌年 가을 7月 ⓐ旣望에 蘇子가 客과 함께 배를 띄워 赤壁江 아래에서 노니, 맑은 바람은 서서히 불어오고 ㉠派濤는 일어나지 않았다. 술잔을 들어 客에게 권하고 明月詩를 외우며 窈窕章을 노래하였는데, 조금 있다가 달이 동산의 위로 떠올라 斗星과 牛星 사이에 배회하니, 흰 이슬은 江을 가로질러 있고 물빛은 하늘을 접해 있었다. 갈대만한 배의 가는 곳을 따라 ㉡萬頃의 아득한 물결을 타고 가니, 너울너울 마치 ㉢虛空에 ㉣依支하고 바람을 타고 가는 듯하여 그칠 바를 모르겠고, 표표히 世上을 버리고 홀로 서서 ⓑ학이 되어 ⓒ신선처럼 오르는 듯하였다. 이에 술을 마시며 몹시 즐거워 뱃전을 두드리고 노래하니, 그 노래에, "계수나무 노와 木蘭 상앗대로 물 속에 비치는 달의 그림자를 치며 흐르는 강물을 거슬러 올라간다. 아득하고 아득한 내 마음이여! ⓓ미인을 바라보니 하늘 한 쪽에 있도다." 하였다.

21. ㉠~㉣의 한자 표기가 바르지 **않은** 것은?

① ㉠派濤　　② ㉡萬頃　　③ ㉢虛空　　④ ㉣依支

22. ⓐ'旣望'은 며칠을 가리키는가?

① 10일　　② 15일　　③ 16일　　④ 30일

23. ⓑ'학'을 바르게 쓴 것은?

① 虎　　② 鳥　　③ 鳳　　④ 鶴

24. ⓒ'신선'의 '신' 자와 쓰임이 같은 것은?

① 自身　　② 精神　　③ 新報　　④ 臣事

25. ⓓ'미인'을 한자로 써 보시오. (　　　　　　　　)

[26~30] 다음 글을 읽고 물음에 답하시오.

　　달이 밝고 별이 드문데 ⓐ烏鵲이 南쪽으로 날아간다는 것은 曹操의 詩가 아닌가? 西쪽으로 夏口를 바라보고 東쪽으로 武昌을 바라보니, 山川이 서로 엉켜 ㉠鬱蒼하니 이는 曹孟德이 周瑜에게 ㉡因窮하던 곳이 아니겠는가? 그가 荊州를 격파하고 江陵으로 내려와 물결을 따라 東쪽으로 ㉢進出할 때에 戰艦이 ㉣千里에 뻗쳐 있고 깃발이 ㉤空中을 가리었다. 술을 걸러 江에 臨하고 창을 비껴들고 詩를 읊으니, ⓑ진실로 한 世上의 ㉥英雄이었는데 只今은 어디에 있는가? 하물며 나와 그대는 江渚 사이에서 고기를 잡고 나무를 하면서 물고기와 새우들과 짝하고 고라니와 사슴들과 벗하고 있다. ㉦一葉의 작은 배를 타고서 술 바가지와 술동이를 들어 서로 勸하니, 天地에 하루살이가 붙어 있는 것이요 ㉧滄海에 한 좁쌀알처럼 보잘 것 없다. 우리 인생이 너무 덧없이 짧음을 슬퍼하고 장강의 無窮함을 부러워하여, 나는 神仙을 끼고 한가로이 놀며 ⓒ명월을 안고 길이 마치려 하나 이것을 갑자기 얻을 수 없음을 알기에 遺響을 슬픈 바람에 의탁하는 것이다.

26. ㉠~㉣의 한자 표기가 바르지 **않은** 것은?

① ㉠鬱蒼　　② ㉡因窮　　③ ㉢進出　　④ ㉣千里

27. ㉤~㉧의 독음이 바르지 **않은** 것은?

① ㉤공중　　② ㉥영웅　　③ ㉦일엽　　④ ㉧청해

28. ⓐ'烏鵲'의 뜻으로 바른 것은?

① 까마귀와 봉황 ② 까마귀와 까치 ③ 까치와 기러기 ④ 참새와 까치

29. ⓑ'진실'의 '진' 자와 쓰임이 같은 한자는?

① 鎭壓 ② 陳法 ③ 進擊 ④ 眞僞

30. ⓒ'명월'을 한자로 쓰시오.(   )

읽을거리

<前赤壁賦> - 蘇軾

壬戌之秋七月旣望, 蘇子與客泛舟, 遊於赤壁之下, 淸風. 徐來, 水波, 不興. 擧酒屬客, 誦明月之詩, 歌窈窕之章, 少焉, 月出於東山之上, 徘徊於斗牛之間, 白露, 橫江, 水光, 接天. 縱一葦之所如, 凌萬頃之茫然, 浩浩乎如憑虛御風而不知其所止, 飄飄乎如遺世獨立, 羽化而登仙. 於是, 飮酒樂甚, 扣舷而歌之, 歌曰 桂棹兮蘭漿, 擊空明兮泝流光, 渺渺兮余懷, 望美人兮天一方.

(中略) 蘇子曰 客亦知夫水與月乎. 逝者如斯, 而未嘗往也, 盈虛者如彼, 而卒莫消長也. 蓋將自其變者而觀之, 則天地曾不能以一瞬, 自其不變者而觀之, 則物與我皆無盡也. 而又何羨乎. 且夫天地之間, 物各有主, 苟非吾之所有, 雖一毫而莫取, 惟江上之淸風, 與山間之明月, 耳得之而爲聲, 目寓之而成色, 取之無禁, 用之不竭, 是, 造物者之無盡藏也, 而吾與子之所共樂. 客, 喜而笑, 洗盞更酌, 肴核, 旣盡, 盃盤, 狼藉. 相與枕藉乎舟中, 不知東方之旣白.[54]

54) 蘇軾. <前赤壁賦>, 《詳說古文眞寶大全》, 卷8.

<愛蓮說>-周惇頤

　　水陸草木之花, 可愛者甚蕃, 晉陶淵明, 獨愛菊, 自李唐來, 世人, 甚愛牧丹, 予獨愛蓮之出於淤泥而不染, 濯淸漣而不夭, 中通外直, 不蔓不枝, 香遠益淸, 亭亭淨植, 可遠觀而不可褻翫焉.

　　予謂菊, 花之隱逸者也, 牧丹, 花之富貴者也, 蓮, 花之君子者也 噫, 菊之愛, 陶後, 鮮有聞, 蓮之愛, 同予者何人 牧丹之愛, 宜乎衆矣.[55]

─────────
55) 周惇頤, <愛蓮說>, 《詳說古文眞寶大全》, 卷10.

부 록

○ 千字文

天	地	玄	黃	宇	宙	洪	荒
하늘 천	땅 지	검을 현	누를 황	집 우	집 주	넓을 홍	거칠 황

하늘은 검으며 땅은 누렇고, 우주는 넓고 크다. (荒 : 거칠다, 크다.)

日	月	盈	仄	辰	宿	列	張
날 일	달 월	찰 영	기울 측	별 신	별자리 수	벌릴 렬	베풀 장

해와 달은 차고 기울며, 별들은 벌려 있다. (辰: 다섯째 地支 진, ; 宿 : 잠잘 숙, 별자리 수)

寒	來	暑	往	秋	收	冬	藏
찰 한	올 래	더울 서	갈 왕	가을 추	거둘 수	겨울 동	감출 장

추위가 오면 더위는 가고, 가을에는 거두며 겨울에는 저장해 둔다.

閏	餘	成	歲	律	呂	調	陽
윤달 윤	남을 여	이룰 성	해 세	법칙 률	법칙 려	고를 조	볕 양

윤달이 남아 해를 이루고, 율려로써 음양을 맞춘다. (六律[陽]와 六呂[陰]는 선왕이 정한 음악)

雲	騰	致	雨	露	結	爲	霜
구름 운	오를 등	이를 치	비 우	이슬 로	맺을 결	할 위	서리 상

구름이 날아 비를 이루고, 이슬이 맺혀 서리가 된다.

金	生	麗	水	玉	出	崑	岡
쇠 금	낳을 생	고울 려	물 수	구슬 옥	나올 출	산 곤	산 강

금은 여수에서 생산되고, 옥은 곤강에서 나온다. (여수 : 중국 운남성 영창부, 곤강 : 중국 형산 남쪽)

劍	號	巨	闕	珠	稱	夜	光
칼 검	이름 호	클 거	집 궐	구슬 주	일컬을 칭	밤 야	빛 광

칼은 거궐이 이름이 났고, 구슬은 야광을 일컫는다.(거궐: 명검 중 하나, 야광 : 구슬 이름)

果	珍	李	柰	菜	重	芥	薑
과실 과	보배 진	자두 리	벗 내	나물 채	무거울 중	겨자 개	생강 강

과일은 자두와 능금을 보배로 여기고, 채소는 겨자와 생강을 중하게 여긴다.

海	鹹	河	淡	鱗	潛	羽	翔
바다 해	짤 함	물 하	맑을 담	비늘 린	잠길 잠	깃 우	날 상

바닷물은 짜고 하수는 담박하며, 물고기는 물속에 잠겨 있고 새는 하늘을 난다.

龍	師	火	帝	鳥	官	人	皇
용 룡	스승 사	불 화	임금 제	새 조	벼슬 관	사람 인	임금 황

용으로써 관사명을 짓고 불을 숭상한 임금과, 새로써 관직을 기록하고 인문을 기록한 임금이 있다.

始	制	文	字	乃	服	衣	裳
비로소 시	지을 제	글월 문	글자 자	이에 내	옷 복	윗옷 의	아래옷 상

비로소 문자를 지었고, 이에 웃옷과 치마를 입었다.

推	位	讓	國	有	虞	陶	唐
밀 추	자리 위	사양할 양	나라 국	있을 유	나라 우	질그릇 도	나라 당

자리를 미루어 나라를 사양한 자는 유우씨[舜]와 도당씨[堯]이다.

弔	民	伐	罪	周	發	殷	湯
조문할 조	백성 민	칠 벌	허물 죄	두루 주	필 발	나라 은	끓을 탕

백성을 조문하고 죄 있는 자를 친 사람은 주나라의 무왕 발과 은나라 탕왕이다.

坐	朝	問	道	垂	拱	平	章
앉을 좌	아침 조	들을 문	길 도	드리울 수	손모을 공	평할 평	글 장

조정에 앉아서 도를 듣고, 팔짱을 낀 채 평장을 이룬다.

愛	育	黎	首	臣	伏	戎	羌
사랑 애	기를 육	검을 려	머리 수	신하 신	엎드릴 복	오랑캐 융	오랑캐 강

백성을 사랑하고 기르고, 오랑캐들도 신하로 복종시킨다.

遐	邇	壹	體	率	賓	歸	王
멀 하	가까울 이	한 일	몸 체	거느릴 솔	손님 빈	돌아갈 귀	임금 왕

멀고 가까운 곳을 하나의 몸으로 보아, 거느리고 복종시켜[賓] 임금에게 돌아간다.

鳴	鳳	在	樹	白	駒	食	場
울 명	봉황 봉	있을 재	나무 수	흰 백	망아지 구	먹을 식	마당 장

우는 봉황새가 나무에 있고, 흰 망아지는 마당에서 풀을 먹는다.

化	被	草	木	賴	及	萬	方
될 화	입을 피	풀 초	나무 목	힘입을 뢰	미칠 급	일만 만	모 방

덕화가 풀과 나무에 입혀지고, 힘입음이 만방에까지 미친다.

蓋	此	身	髮	四	大	五	常
대개 개	이 차	몸 신	터럭 발	넉 사	큰 대	다섯 오	떳떳할 상

대개 이 몸과 터럭은, 네 가지 큰 것과 다섯 가지 떳떳함이 있다. (四大:天地君親)

恭	惟	鞠	養	豈	敢	毁	傷
공손할 공	생각할 유	기를 국	기를 양	어찌 기	감히 감	훼손할 훼	상할 상

공손히 길러주심을 생각하니, 어찌 감히 내 몸을 훼손하겠는가.

女	慕	貞	烈	男	效	才	良
여자 여	사모할 모	곧을 정	매울 렬	남자 남	본받을 효	재주 재	어질 량

여자는 정렬을 사모하고, 남자는 재량을 본받아야 한다.

知	過	改	必	得	能	莫	忘
알 지	허물 과	고칠 개	반드시 필	얻을 득	능할 능	말 막	잊을 망

허물을 알면 반드시 고치고, 능함을 얻으면 잊지 말라.

罔	談	彼	短	靡	恃	己	長
없을 망	말씀 담	저 피	짧을 단	아닐 미	믿을 시	몸 기	길 장

다른 사람의 단점을 말하지 말고, 자기의 장점을 믿지 말라.

信	使	可	覆	器	欲	難	量
믿을 신	하여금 사	옳을 가	덮을 복	그릇 기	하고자할 욕	어려운 난	헤아릴 양

약속은 실천할 수 있도록 하고, 그릇은 헤아리기 어렵게 하고자 한다. (覆 : 실천할 복)

墨	悲	絲	染	詩	讚	羔	羊
먹 묵	슬플 비	실 사	물들일 염	글 시	기릴 찬	염소 고	양 양

묵자는 실이 물드는 것을 슬퍼하였고, 시는 고양편을 찬미하였다. (羔羊篇: 召南의 편명)

景	行	維	賢	克	念	作	聖
클 경	행할 행	오직 유	어질 현	이길 극	생각 념	지을 작	성인 성

큰 도를 행하면 현자가 되고, 능히 생각하면 성인이 된다.

德	建	名	立	形	端	表	正
덕 덕	세울 건	이름 명	설 립	형상 형	끝 단	겉 표	바를 정

덕이 서면 명예도 서고, 형모가 단정하면 의표도 바르게 된다.

空	谷	傳	聲	虛	堂	習	聽
빌 공	골 곡	전할 전	소리 성	빌 허	집 당	익힐 습	들을 청

텅 빈 골짝에는 소리가 전해지고, 빈 집에서 들음을 익힌다.

禍	因	惡	積	福	緣	善	慶
재화 화	인할 인	악할 악	쌓을 적	복 복	인연 연	착할 선	경사 경

화는 악이 쌓이는 것으로 인하고, 복은 선한 경사와 연관이 있다.

尺	璧	非	寶	寸	陰	是	競
자 척	구슬 벽	아닐 비	보배 보	마디 촌	그늘 음	이 시	다툴 경

한 자 되는 구슬은 보배가 아니며, 한 치의 광음[시간]을 다투어야 한다.

資	父	事	君	曰	嚴	與	敬
바탕 자	아버지 부	일 사	임금 군	말씀 왈	엄할 엄	더불 여	공경 경

아버지 섬김을 바탕으로 임금을 섬기니, 엄숙함과 공경함이다.

孝	當	竭	力	忠	則	盡	命
효도 효	마땅할 당	다할 갈	힘 력	충성 충	곧 즉	다할 진	목숨 명

효도는 마땅히 힘을 다해야 하고, 충성은 마땅히 목숨을 바쳐야 한다.

臨	深	履	薄	夙	興	溫	凊
임할 임	깊을 심	밟을 리	얇을 박	일찍 숙	일어날 흥	더울 온	서늘할 정

깊은 물에 임한 듯 얇은 얼음을 밟는 듯 자신을 살피고, 일찍 일어나 부모님 자리의 더움과 서늘함을 살핀다.

似	蘭	斯	馨	如	松	之	盛
같을 사	난초 난	이 사	향기 향	같을 여	소나무 송	갈 지	성할 성

난초와 같이 향기롭고, 소나무와 같이 성하라.(군자의 지조와 기절을 비유함)

川	流	不	息	淵	澄	取	映
내 천	흐를 유	아니 불	쉴 식	못 연	맑을 징	취할 취	비칠 영

냇물을 흘러 쉬지 않고, 못 물이 맑으면 비칠 수 있다.(군자의 행실을 비유함)

容	止	若	思	言	辭	安	定
얼굴 용	그칠 지	같을 약	생각 사	말씀 언	말씀 사	편안할 안	정할 정

행동거지는 생각하는 듯하고, 말은 안정되어야 한다.

篤	初	誠	美	愼	終	宜	令
도타울 독	처음 초	정성 성	아름다울 미	삼갈 신	마칠 종	마땅할 의	하여금 령

처음을 독실하게 함이 진실로 아름답고, 마무리를 삼가서 마땅히 좋게 해야 한다.

榮	業	所	基	籍	甚	無	竟
영화로울 영	일 업	바 소	터 기	호적 적	심할 심	없을 무	마칠 경

영화로운 일의 터가 되는 바이며, 좋은 명예가 끝이 없을 것이다.

學	優	登	仕	攝	職	從	政
배울 학	넉넉할 우	오를 등	벼슬 사	잡을 섭	벼슬 직	좇을 종	정사 정

배우고 여유가 있으면 벼슬에 올라, 직책을 잡고 정사를 좇는다.

存	以	甘	棠	去	而	益	詠
있을 존	써 이	달 감	아가위 당	갈 거	말이을 이	더할 익	읊을 영

감당나무 아래 있으니, 떠나감에 더욱 감당시를 읊는다.(주나라 召公의 고사)

樂	殊	貴	賤	禮	別	尊	卑
음악 악	아를 수	귀할 귀	천할 천	예도 례	다를 별	높을 존	낮을 비

음악은 귀천에 따라 다르고, 예도는 높고 낮음에 따라 다르다.

上	和	下	睦	夫	唱	婦	隨
윗 상	조화로울 화	아래 하	화목할 목	남편 부	부를 창	아내 부	따를 수

위에서 조화로우면 아래도 화목하고, 남편이 선창하면 아내가 따른다.

外	受	傅	訓	入	奉	母	儀
바깥 외	받을 수	스승 부	가르칠 훈	들 입	받들 봉	어머니 모	거동 의

남자는 밖에서 스승의 가르침을 받고, 여자는 들어와 어머니의 거동을 받는다.

諸	姑	伯	叔	猶	子	比	兒
모두 제	할머니 고	맏 백	아저씨 숙	오히려 유	아들 자	견줄 비	아이 아

모든 고모와 백부와 숙부는, 자신의 자식처럼 대하고 자신의 아이에게 견준다.

孔	懷	兄	弟	同	氣	連	枝
심할 공	생각할 회	맏 형	아우 제	한가지 동	기운 기	이을 연	가지 지

깊이 생각해주는 형제는, 기운이 같고 가지처럼 이어져 있다.

交	友	投	分	切	磨	箴	規
사귈 교	벗 우	던질 투	나눌 분	끊을 절	갈 마	경계할 잠	법 규

벗을 사귐에 정을 나누고, 절차탁마하며 경계하고 살핀다.

仁	慈	隱	惻	造	次	弗	離
어질 인	사랑할 자	숨을 은	슬플 측	지을 조	버금 차	아니 불	떠날 리

인자하고 측은해 하는 마음을, 잠시도 떠나지 말아야 한다. (造次 : 잠깐 사이)

節	義	廉	退	顚	沛	匪	虧
마디 절	옳을 의	청렴 렴	물러날 퇴	엎어질 전	자빠질 패	아닐 비	이지러질 휴

절의와 청렴과 물러남은, 어려운 상황에서도 이지러질 수 없다.

性	靜	情	逸	心	動	神	疲
성품 성	고요할 정	마음 정	편안할 일	마음 심	움직일 동	정신 신	피로할 피

성품이 고요하면 감정도 편안하고, 마음이 활발히 움직이면 정신이 피곤하다.

守	眞	志	滿	逐	物	意	移
지킬 수	참 진	뜻 지	가득찰 만	좇을 축	물건 물	뜻 의	옮길 이

참됨을 지키면 의지가 가득차고, 사물을 좇으면 뜻이 옮겨진다.

堅	持	雅	操	好	爵	自	縻
굳을 견	가질 지	바를 아	잡을 조	좋을 호	벼슬 작	스스로 자	얽어맬 미

바른 지조를 굳게 잡으면, 좋은 벼슬이 스스로 온다.

都	邑	華	夏	東	西	二	京
도읍 도	고을 읍	빛날 화	여름 하	동쪽 동	서쪽 서	두 이	서울 경

도읍 화와 하는, 동쪽 서쪽의 두 서울이다. (동경은 洛陽, 서경은 長安)

背	邙	面	洛	浮	渭	據	涇
등질 배	산 망	낯 면	낙수 낙	뜰 부	위수 위	웅거할 거	경수 경

망산을 뒤에 두고 낙수를 앞에 두었으며, 위수에 떠가기도 하고 경수에 웅거하기도 한다.

宮	殿	盤	鬱	樓	觀	飛	驚
집 궁	전각 전	소반 반	울창할 울	다락 루	볼 관	날 비	놀랄 경

궁전이 가득하고, 누관은 나는 듯 놀라 모양을 바꾸는 듯.

圖	寫	禽	獸	畵	綵	仙	靈
그림 도	베낄 사	새 금	짐승 수	그림 화	채색 채	신선 선	신령 령

새와 짐승을 그리고, 신선과 신령들을 채색하였다.

丙	舍	傍	啓	甲	帳	對	楹
남쪽 병	집 사	곁 방	열 계	갑옷 갑	장막 장	대할 대	기둥 영

丙舍(신하들의 거처)를 옆에 열어 놓았고, 갑장도 기둥 사이에 마주하고 있다.

肆	筵	設	席	鼓	瑟	吹	笙
베풀 사	자리 연	베풀 설	자리 석	두드릴 고	비파 슬	불 취	생황 황

자리를 펴고 방석을 깔고서, 비파를 타고 생황을 분다.(≪詩經≫에 나오는 말이다.)

陞	階	納	陛	弁	轉	疑	星
오를 승	계단 계	들일 납	뜰 폐	고깔 변	구를 전	의심할 의	별 성

계단으로 올라 뜰에 들어가니, 고깔의 구슬 움직이는 것이 별인가 의심해 본다.

右	通	廣	內	左	達	承	明
오른쪽 우	통할 통	넓을 광	안 내	왼쪽 좌	통달 달	이을 승	밝을 명

오른쪽으로는 광내[秘書保管處]와 통하고, 왼쪽으로는 승명[書籍 校閱處]

旣	集	墳	典	亦	聚	群	英
이미 기	모을 집	무덤 분	법 전	또 역	모을 취	무리 군	꽃부리 영

이미 삼분과 오전을 모으고, 또 모든 영재를 보았다. (三墳:三皇의 책 ; 五典:五帝의 책)

杜	藁	鍾	隷	漆	書	壁	經
막을 두	원고 고	쇠북 종	글씨 례	옻 칠	글 서	벽 벽	글 경

두조는 초서를 종요는 예서를 만들었으며, 옻칠로 쓴 벽 속의 경서가 있다.(孔壁書를 말한다.)

府	羅	將	相	路	挾	槐	卿
마을 부	벌릴 라	장수 장	정승 상	길 로	낄 협	회나무 회	벼슬 경

황제의 거처 옆 부에는 장수와 정승이 있고, 조정 길 옆에는 회나무와 경들이 있다.

戶	封	八	縣	家	給	千	兵
지게 호	봉할 봉	여덟 팔	고을 현	집 가	줄 급	일천 천	군사 병

호로는 8현을 봉해주고, 가에는 1천병을 주었다.(제후국은 일천의 병력을 두어 그 집을 호위함)

高	冠	陪	輦	驅	轂	振	纓
높을 고	벼슬 관	모실 배	수레 련	몰 구	바퀴 곡	떨친 진	갓끈 영

높은 관으로 임금의 수레를 모시고, 수레를 모니 갓끈이 진동한다.

世	祿	侈	富	車	駕	肥	輕
세상 세	녹 록	사치할 치	부귀할 부	수레 거	멍에 가	살찔 비	가벼울 경

대대로 녹을 받아 크고 부유하니, 수레와 말이 살찌고 가볍다.(侈는 많다는 뜻)

策	功	茂	實	勒	碑	刻	銘
꾀할 책	공훈 공	무성할 무	열매 실	새길 륵	비석 비	새길 각	새길 명

공신을 책록하여 실적을 힘쓰게 하고, 비석을 만들어 명문을 새기게 한다.

磻	溪	伊	尹	佐	時	阿	衡
돌 반	시내 계	저 이	맏 윤	도울 좌	때 시	언덕 아	저울대 형

반계와 이윤은, 때를 도운 아형이다.(반계는 呂尙이고, 阿衡은 상나라 때의 재상)

奄	宅	曲	阜	微	旦	孰	營
문득 엄	집 택	굽을 곡	언덕 부	작을 미	아침 단	누구 숙	경영할 영

문득 곡부에 집을 지으니, 단이 아니면 누가 경영하겠는가.(旦은 주공의 이름)

桓	公	匡	合	濟	弱	扶	傾
굳셀 환	공변될 공	바를 광	합할 합	건널 제	약할 약	붙들 부	기울 경

환공은 바로잡고 합하여, 약자를 구제하고 기운 나라를 붙들었다.

綺	回	漢	惠	說	感	武	丁
비단 기	돌 회	한수 한	은혜 혜	말씀 설	느낄 감	굳셀 무	장정 정

綺里季는 한나라 惠帝를 돌려놓았고, 傅說은 무정을 감동시켰다.(綺里季는 商山四皓 중 한 명)

俊	乂	密	勿	多	士	寔	寧
준걸 준	재주 예	빽빽할 밀	말 물	많을 다	선비 사	이 식	편안할 녕

준수하고 재주있는 자들이 치밀하게 정치하니, 많은 선비가 있어 나라가 편안하다.

晋	楚	更	霸	趙	魏	困	橫
나라 진	나라 초	다시 경	으뜸 패	나라 조	나라 위	곤경 곤	비낄 횡

진나라와 초나라가 번갈아 패권을 잡고, 조나라와 위나라가 連橫으로 곤궁해지다.

假	途	滅	虢	踐	土	會	盟
빌릴 가	길 도	사라질 멸	나라 괵	밟을 천	흙 토	모을 회	맹세 맹

晉나라는 길을 빌려 괵나라를 멸망시키고, 천토에 모여 맹세하였다.(踐土는 地名)

何	遵	約	法	韓	弊	煩	刑
어찌 하	따를 준	요약할 약	법 법	나라 한	해질 폐	번거로운 번	형벌 형

蕭何는 요약한 법을 따랐고, 韓非는 번거로운 형벌을 피폐하게 하였다.

起	翦	頗	牧	用	軍	最	精
일어날 기	자를 전	자못 파	칠 목	쓸 용	군사 군	가장 최	정할 정

白起, 王翦, 廉頗, 李牧은 군사를 가장 정밀하게 잘 썼다.

宣	威	沙	漠	馳	譽	丹	青
베풀 선	위엄 위	모래 사	아득할 막	달릴 치	기릴 예	붉을 단	푸를 청

사막에까지 위력을 펼치고, 단청으로 얼굴을 그려 명예를 드날이다.

九	州	禹	跡	百	郡	秦	幷
아홉 구	고을 주	임금 우	자취 적	일백 백	고을 군	나라 진	아우를 병

구주는 우임금의 발자취이고, 일백 군은 진나라가 병합하였다.

嶽	宗	恒	岱	禪	主	云	亭
산 악	으뜸 종	항상 항	산 대	닦을 선	주인 주	이를 운	정자 정

오악은 恒山과 岱山을 으뜸으로 하고, 封禪은 云云山과 亭亭山을 주로 한다.

雁	門	紫	塞	鷄	田	赤	城
기러기 안	문 문	자줏빛 자	변방 새	닭 계	밭 전	붉을 적	성 성

안문[幷州의 지명]과 자새[長城이 있는 곳], 계전[秦 穆公의 고사]과 적성[夔州 지명].

昆	池	碣	石	鉅	野	洞	庭
맏 곤	연못 지	돌 갈	돌 석	클 거	들 야	골 동	뜰 정

곤지[昆明縣에 위치]와 갈석[黎城縣에 위치], 거야[泰山 동쪽]와 동정[揚子江 남쪽].

曠	遠	綿	邈	巖	岫	杳	冥
텅빌 광	멀 원	솜 면	멀 막	바위 암	산꼭대기 수	아득할 묘	어두울 명

위의 산들은 모두 멀고 아득하며, 바위와 산꼭대기가 아득하고 깊다.

治	本	於	農	務	茲	稼	穡
다스릴 치	근본 본	어조사 어	농사 농	힘쓸 무	이 자	심을 가	거둘 색

정치는 농사를 근본으로 하고, 이에 심고 거둠을 힘쓰게 한다.

俶	載	南	畝	我	藝	黍	稷
비로소 숙	심을 재	남쪽 남	밭 묘	나 아	심을 예	기장 서	피 직

비로소 남쪽 밭에서 일을 하고, 우리의 기장과 피를 심었다.(藝 : 재주 예)

稅	熟	貢	新	勸	賞	黜	陟
거둘 세	익을 수	바칠 공	새 신	권할 권	상줄 상	내칠 출	오를 척

익은 곡식을 세로 내고 새로운 공물을 바치며, 권하고 상을 주며 내치고 올려주기도 한다.

孟	軻	敦	素	史	魚	秉	直
맏 맹	수레 가	도타울 돈	흴 소	역사 사	물고기 어	잡을 병	곧을 직

맹가[맹자]는 본바탕을 돈독히 하였고, 사어[魏 大夫]는 직간을 잘하였다.

庶	幾	中	庸	勞	謙	謹	勅
거의 서	거의 기	가운데 중	떳떳할 용	수고로울 노	겸손할 겸	삼갈 근	경계할 칙

거의 중용에 이르려면, 힘쓰고 겸손하며 삼가고 믿음직스러워야 한다.

聆	音	察	理	鑑	貌	辨	色
들을 령	소리 음	살필 찰	다스릴 리	거울 감	모양 모	분별할 변	빛 색

소리를 듣고 이치를 살피며, 모습을 보고 얼굴빛을 분별한다.

貽	厥	嘉	猷	勉	其	祗	植
줄 이	그 궐	아름다울 가	꾀할 유	힘쓸 면	그 기	공경할 지	심을 식

그 아름다운 계책을 주니, 공경히 도를 심는 데에 힘써야 한다.

省	躬	譏	誡	寵	增	抗	極
살필 성	몸 궁	기롱할 기	경계할 계	총애할 총	더할 증	항거할 항	다할 극

몸에 반성하여 살피고 경계하며, 총애가 더하면 극도에 도달함을 근심해야 한다.

殆	辱	近	恥	林	皐	幸	卽
위태로울 태	욕될 욕	가까울 근	부끄러울 치	수풀 림	언덕 고	다행 행	곧 즉

위태로움과 욕을 당함은 치욕에 가까우니, 숲과 언덕으로 나가야 한다.

兩	疏	見	機	解	組	誰	逼
둘 량	성글 소	볼 견	틀 기	풀 해	끈 조	누구 수	핍박할 핍

두 소씨[疏廣과 疏受]는 기미를 알았으니, 인끈을 풀고 물러가는데 누가 핍박하겠는가.

索	居	閒	處	沈	默	寂	蓼
찾을 색	살 거	한가로울 한	곳 처	잠길 침	침묵할 묵	고요할 적	고요할 료

한가롭게 살 곳을 찾아 지내며, 침묵하고 고요히 지낸다.

求	古	尋	論	散	慮	逍	遙
구할 구	옛 고	찾을 심	의논할 논	흩어질 산	생각 려	노닐 소	노닐 요

옛 것을 구하고 찾아 논의하며, 잡된 생각을 버리고 소요한다.

欣	奏	累	遣	慼	謝	歡	招
기쁠 흔	아뢸 주	누끼칠 루	보낼 견	슬플 척	사직할 사	기쁠 환	부를 초

기쁜 일을 말하고 나쁜 일은 보내며, 슬픔이 사라지고 기쁨이 온다.

渠	荷	的	歷	園	莽	抽	條
도랑 거	연꽃 하	과녁 적	지날 력	동산 원	풀 망	뺄 추	가지 조

도랑의 연꽃은 곱고 분명하며, 동산의 풀은 가지가 뻗어 오른다.

枇	杷	晩	翠	梧	桐	早	凋
비파 비	비파 파	늦을 만	푸를 취	오동 오	오동 동	일찍 조	시들 조

비파나무는 늦게까지 푸르고, 오동나무는 일찍 시든다.

陳	根	委	翳	落	葉	飄	颻
묵을 진	뿌리 근	맡길 위	가릴 예	떨어질 락	잎 엽	나부낄 표	나부낄 요

묵은 뿌리가 쌓이고 덮이며, 떨어진 잎이 이리저리 나부낀다.

游	鯤	獨	運	凌	摩	絳	霄
놀 유	큰고기 곤	호로 독	옮길 운	능멸할 능	길 마	붉을 강	하늘 소

노는 곤어는 홀로 바다에서 살다가, 붕새가 되어 붉은 하늘을 능멸하며 만진다.

耽	讀	翫	市	寓	目	囊	箱
즐길 탐	읽을 독	구경 완	시장 시	붙일 우	눈 목	주머니 낭	상자 상

글 읽기를 즐겨 저자의 책방에서 책을 보니, 눈을 붙이면 주머니와 상자에 책을 담을 것과 같다.

易	輶	攸	畏	屬	耳	垣	牆
쉬울 이	가벼울 유	바 유	두려울 외	붙일 속	귀 이	담 원	담 장

말을 쉽고 가볍게 하는 것은 군자가 두려워하는 바이니, 귀가 담장에 있기 때문이다.

具	膳	飧	飯	適	口	充	腸
갖출 구	반찬 선	밥 손	밥 반	마침 적	입 구	채울 충	창자 장

반찬을 갖추어 밥을 먹으니, 입에 맞아 창자를 채운다.

飽	飫	烹	宰	飢	厭	糟	糠
배부를 포	배부를 어	삶을 팽	재상 재	굶주릴 기	싫을 염	술지게미 조	겨 강

배부르면 삶은 고기[宰: 고기 재]도 물리고, 굶주리면 지게미와 겨도 배부르게[厭:만족할 염] 먹는다.

親	戚	故	舊	老	少	異	糧
친할 친	겨레 척	연고 고	옛 구	늙을 로	젊을 소	다를 이	양식 량

친척과 친구는, 늙고 젊음에 따라 음식을 다르게 한다.

妾	御	績	紡	侍	巾	帷	房
첩 첩	모실 어	길쌈 적	길쌈 방	모실 시	수건 건	장막 유	방 방

첩이나 모시는 여자는 길쌈을 하고, 장막친 방 안에서 수건 등으로 시중든다.

紈	扇	圓	潔	銀	燭	煒	煌
비단 환	부채 선	둥글 원	깨끗할 결	은 은	촛불 촉	빛날 위	빛날 황

비단 부채는 둥글고 깨끗하며, 은빛 촛불은 빛나고 환하다.

晝	眠	夕	寐	藍	筍	象	牀
낮 주	잠잘 면	저녁 석	잘 매	쪽 람	대 순	코끼리 상	평상 상

낮에 졸고 저녁에 자는 것은, 푸른 대와 코끼리 뼈로 된 침상이다.

絃	歌	酒	讌	接	杯	擧	觴
줄 현	노래 가	술 주	잔치 연	접할 접	잔 배	들 거	술잔 상

거문고를 튕겨 노래하고 술로 잔치하며, 잔을 잡고 들어 서로 권한다.

矯	手	頓	足	悅	豫	且	康
들 교	손 수	두드릴 돈	발 족	기쁠 열	기쁠 예	또 차	평안할 강

손을 들고 발을 구르니, 기쁘고 또 편안하다.

嫡	後	嗣	續	祭	祀	蒸	嘗
맏 적	뒤 후	이을 사	이을 속	제사 제	제사 사	찔 증	맛볼 상

적자로 뒤를 잇게 하고, 제사에는 증과 상이 있다. (春:司祭, 夏:禴祭, 秋:嘗祭, 冬:蒸祭)

稽	顙	再	拜	悚	懼	恐	惶
조아릴 계	이마 상	다시 재	절 배	두려울 송	두려울 구	두려울 공	두려울 황

이마를 조아리며 두 번 절을 하고, 두려워하고 두려워하며 공경한다.

牋	牒	簡	要	顧	答	審	詳
편지 전	편지 첩	대쪽 간	중요할 요	돌아볼 고	대답 답	살필 심	자세할 상

편지는 간략하고 중요해야 하며, 묻고 답할 때에는 살피고 자세하여야 한다.

骸	垢	想	浴	執	熱	願	凉
뼈 해	때 구	생각 상	목욕 욕	잡을 집	더울 열	원할 원	서늘할 량

몸에 때가 끼면 목욕할 걸 생각하고, 뜨거워지면 서늘해지기를 원한다.

驢	騾	犢	特	駭	躍	超	驤
나귀 려	노새 라	송아지 독	특별할 특	놀랄 해	뛸 약	달릴 초	달릴 양

나귀와 노새와 송아지가, 놀라 뛰고 달린다. (特 : 수컷소 특)

誅	斬	賊	盜	捕	獲	叛	亡
벨 주	벨 참	도적 적	도적 도	잡을 포	얻을 획	배반할 반	도망 망

도적을 베며, 배반하고 도망한 자를 잡고 포획한다.

布	射	僚	丸	嵇	琴	阮	嘯
베 포	쏠 사	동료 료	탄환 환	산 혜	거문고 금	관이름 완	휘파람불 소

呂布는 활을 잘 쏘았고 熊宜僚는 탄환을 잘 놀렸으며, 嵇康은 거문고를 잘 타고 阮籍은 휘파람을 잘 불었다.

恬	筆	倫	紙	鈞	巧	任	釣
편안할 염	붓 필	인륜 륜	종이 지	서른근 균	공교할 교	맡을 임	낚시 조

蒙恬은 붓을 만들고 蔡倫은 종이를 만들었으며, 馬鈞은 기교가 있고 任公子는 낚시대를 만들었다.

釋	紛	利	俗	並	皆	佳	妙
풀 석	어지러울 분	이로울 리	세속 속	아우를 병	모두 개	아름다울 가	묘할 묘

어지러운 것을 풀고 세속을 이롭게 하니, 아울러 모두 아름답고 묘하다.

毛	施	淑	姿	工	嚬	妍	笑
털 모	베풀 시	맑을 숙	모양 자	장인 공	찡그릴 빈	고울 연	웃음 소

毛嬙과 西施는 자태가 아름다워, 공교하게 찡그리고 곱게 웃었다.

年	矢	每	催	羲	暉	朗	曜
해 년	화살 시	매양 매	재촉할 최	복희 희	햇빛 휘	밝을 랑	빛날 요

해는 화살처럼 매양 재촉하고, 햇빛은 밝고 빛난다.(羲和는 堯舜시대 해를 주관하던 관직)

璇	璣	懸	斡	晦	魄	環	照
구슬 선	구슬 기	매달 현	돌 알	어두울 회	넋 백	고리 환	비칠 조

璇璣玉衡은 달려 있는 채 돌고, 어두워졌다가 밝아져 순환하여 비춘다.(璇璣玉衡: 천체관측 기구)

指	薪	修	祐	永	綏	吉	劭
가리킬 지	섶 신	닦을 수	복 우	길 영	편안할 유	길할 길	높을 수

나무섶의 불씨를 가리켜 선행을 닦아 복이 오니, 길이 편안하고 길함이 높아진다.

矩	步	引	領	俯	仰	廊	廟
법 구	걸음 보	이끌 인	옷깃 령	숙일 부	우러를 앙	행랑 랑	사당 묘

걸음을 바르게 하고 옷차림을 단정히 하며, 낭묘에 오르고 내린다.

束	帶	矜	莊	徘	徊	瞻	眺
묶을 속	띠 대	자랑할 긍	씩씩할 장	배회할 배	배회할 회	볼 첨	바라볼 조

띠를 묶고 있을 때 자긍심을 갖고 씩씩하게 행동하며, 배회하니 사람들이 우러러 본다.

孤	陋	寡	聞	愚	蒙	等	誚
외로울 고	더러울 루	적을 과	들을 문	어리석을 우	어릴 몽	같을 등	꾸짖을 초

외롭고 누추하여 들은 것이 적으면, 어리석은 자들과 똑같이 꾸짖음을 듣게 된다.

謂	語	助	者	焉	哉	乎	也
이를 위	말씀 어	도울 조	사람 자	어조사 언	어조사 재	어조사 호	어조사 야

어조사는 '언, 재, 호, 야' 자를 이른다.

○ 新編 明心寶鑑

繼善篇

子曰,1) "爲善者, 天報之以福, 爲不善者, 天報之以禍."

漢昭烈2) 將終, 勅後主曰, "勿以惡小而爲之, 勿以善小而不爲."

莊子3)曰, "一日不念善, 諸惡自皆起."

太公4)曰, "見善如渴, 聞惡如聾." 又曰, "善事須貪, 惡事莫樂."

馬援5)曰, "終身行善, 善猶不足, 一日行惡, 惡自有餘."

司馬溫公6)曰, "積金以遺子孫, 未必子孫能盡守, 積書以遺子孫, 未必子孫能盡讀, 不如積陰德於冥冥之中, 以爲子孫之計也."

莊子曰, "於我善者, 我亦善之, 於我惡者, 我亦善之, 我旣於人無惡, 人能於我無惡哉."

天命篇

孟子7)曰, "順天者存, 逆天者亡."

康節邵先生8)曰, "天聽寂無音, 蒼蒼何處尋, 非高亦非遠, 都只在人心."

玄帝9)垂訓曰, "人間私語, 天聽若雷, 暗室欺心, 神目如電."

益智書10)云, "惡鑵若滿, 天必誅之"

---

1) 子曰 : '子'는 선생이라는 뜻이다. 여기에서는 '孔子(BC551~BC479)께서 말씀하시기를'이란 뜻으로 쓰였다. 공자는 중국 고대의 사상가로서 儒家를 창시한 인물이다.

2) 漢昭烈 : 蜀漢의 소열황제를 말한다. 이름은 劉備이며 字는 玄德이다.

3) 莊子 : 전국시대의 사상가로 이름은 周이다. ≪莊子≫라는 책이 전한다.

4) 太公 : 姜太公, 太公望, 呂尙등으로 불리며 渭水에서 낚시를 하다가 周 文王에게 등용되었다.

5) 馬援 : 後漢의 장수로 흉노를 정벌하는데 큰 공을 세웠다.

6) 司馬溫公 : 宋代의 학자로 ≪資治通鑑≫을 저술하였다.

7) 孟子 : 孟子(BC372~BC289)는 중국 戰國시대 유가의 사상가로서 전국시대에 배출된 諸子百家의 한 사람이다. 도덕정치인 王道를 주장하였다.

8) 康節邵先生 : 邵雍(1011~1077)을 말함. 중국 宋나라의 학자이며 시인이고, 도가사상의 영향을 받고 유교의 易哲學을 발전시켜 특이한 數理哲學을 만든 것으로 유명하다.

9) 玄帝 : 道教의 신을 말한다.

10) 益智書 : 宋代에 간행된 책으로 저자는 미상이다.

種瓜得瓜, 種豆得豆, 天網恢恢, 疎而不漏.

子曰, "獲罪於天, 無所禱也."

順命篇

子夏11)曰, "死生有命, 富貴在天."

萬事分已定, 浮生空自忙.

景行錄云, "禍不可以倖免, 福不可以再求."

時來風送滕王閣, 運退雷轟薦福碑.12)

列子13)曰, "痴聾痼啞家豪富, 智惠聰明却受貧. 年月日時該載定, 算來由命不由人."

孝行篇

詩14)曰, "父兮生我, 母兮鞠我, 哀哀父母, 生我劬勞, 欲報深恩, 昊天罔極."

子曰, "身體髮膚, 受之父母, 不敢毁傷, 孝之始也. 立身行道, 揚名於後世, 以顯父母, 孝之終也."

子曰, "孝子之事親也, 居則致其敬, 養則致其樂, 病則致其憂, 喪則致其哀, 祭則致其嚴."

子曰, "父母在, 不遠遊, 遊必有方."

子曰, "父母之年, 不可不知也, 一則以喜, 一則以懼."

太公曰, "孝於親, 子亦孝之, 身旣不孝, 子何孝焉."

孝順還生孝順子, 忤逆還生忤逆兒, 不信但看簷頭水, 點點滴滴不差異.

(曾子15)曰, "父母愛之, 喜而勿忘, 父母惡之, 懼而無怨, 父母有過, 諫而不逆.")

---

11) 子夏 : 공자의 제자로 이름은 卜商이다.

12) 時來風送滕王閣 運退雷轟薦福碑 : 唐代의 문인 王勃은 뜻밖에 순풍을 만나 하룻밤 사이에 배를 타고 700리를 달려가서 마침 등왕각에서 벌어진 연회에 참석하게 되었는데 당시에 지은 <滕王閣序>가 명문으로 꼽혀 천하에 이름이 알려진 반면, 宋代의 문인 范仲淹은 매우 가난한 처지였는데, 薦福寺의 碑文을 탁본해 오면 후하게 사례하겠다는 제의를 받고 갖은 고생 끝에 수천리를 달려갔으나 그날 밤 벼락이 떨어져 비석이 부서져 헛수고만 했다는 고사를 말한다.

13) 列子 : 禦寇를 말한다. 어구는 전국시대 魯나라의 철학자이다. ≪列子≫의 저서가 전한다.

14) 詩 : ≪詩經≫을 말하는 것으로, 춘추 시대의 민요를 중심으로 하여 모은 중국에서 가장 오래 된 시집이다.

15) 曾子 : 공자의 제자로 이름은 曾參, 字는 子輿이다. 효행으로 유명하였다.

正己篇

性理書[16]云, "見人之善, 而尋己之善, 見人之惡, 而尋己之惡, 如此方是有益."

景行錄云, "大丈夫當容人, 無爲人所容."

太公曰, "勿以貴己而賤人, 勿以自大而蔑小, 勿以持勇而輕敵."

馬援曰, "聞人之過失, 如聞父母之名, 耳可得聞, 口不可得言也."

康節邵先生曰, "聞人之謗, 未嘗怒, 聞人之譽, 未嘗喜, 聞人之惡, 未嘗和, 聞人之善, 則就而和之, 又從而喜之. 故其詩曰, '樂見善人, 樂聞善事, 樂道善言, 樂行善意, 聞人之惡, 如負芒刺, 聞人之善, 如佩蘭蕙.'"

道吾惡者, 是吾師, 道吾好者, 是吾賊.

太公曰, "勤爲無價之寶, 愼是護身之符."

景行錄云, "保生者, 寡慾, 保身者, 避名, 無慾易, 無名難."

安分篇

景行錄云, "知足可樂, 務貪則憂."

知足者, 貧賤亦樂, 不知足者, 富貴亦憂.

子曰, "富與貴, 是人之所欲也, 不以其道得之, 不處也, 貧與賤是人之所惡也, 不以其道得之, 不去也."

濫想徒傷神, 妄動反致禍.

知足常足, 終身不辱, 知止常止, 終身無恥.

書[17]曰, "滿招損, 謙受益."

安分吟[18]曰, "安分身舞辱, 知機心自閑, 雖居人世上, 却是出人間."

存心篇

景行錄云, "坐密室如通衢, 馭寸心如六馬, 可免過."

擊壤詩[19]云, "富貴如將智力求, 仲尼年少合封侯, 世人不解靑天意, 空使身心半

---

16) 性理書 : 宋代의 儒學者들이 인간의 심성과 우주의 원리에 대하여 논한 글을 모은 책이다.

17) 書 : ≪書經≫혹은≪尙書≫를 가리킨다. 虞書·夏書·商書·周書 등 唐虞[堯舜] 3代에 걸친 중국 고대의 기록서이다.

18) 安分吟 : 邵雍이 지은 시라고 알려져 있으나 자세하지는 않다.

夜愁."

范忠宣公[20]誡子弟曰, "人雖至愚, 責人則明, 雖有聰明, 恕己則昏, 爾曹但常以責人之心責己, 恕己之心恕人, 則不患不到聖賢地位也."

子曰, "聰明思睿, 守之以愚, 功被天下, 守之以讓, 勇力振世, 守之以怯, 富有四海, 守之以謙."

素書[21]云, "薄施厚望者, 不報, 貴而忘賤者, 不久."

施恩勿求報, 與人勿追悔.

孫思邈[22]言, "膽欲大而心欲小, 智欲圓而行欲方."

戒性篇

景行錄云, "人性如水, 水一傾則不可復, 性一縱則不可反, 制水者, 必以堤防, 制性者, 必以禮法."

忍一時之忿, 免百日之憂.

得忍且忍, 得戒且戒. 不忍不戒, 小事成大.

子張[23]欲行, 辭於夫子, 願賜一言爲修身之美, 夫子曰, "百行之本, 忍之爲上." 子張曰, "何爲忍之." 夫子曰, "天子忍之, 國無害, 諸侯忍之, 成其大, 官吏忍之, 進其位, 兄弟忍之, 家富貴, 夫妻忍之, 終其世, 朋友忍之, 名不廢, 自身忍之, 無患禍." 子張曰, "不忍則何如." 夫子曰, "天子不忍, 國空虛, 諸侯不忍, 喪其軀, 官吏不忍, 刑法誅, 兄弟不忍, 各分居, 夫妻不忍, 令子孤, 朋友不忍, 情意疎, 自身不忍, 患不除." 子張曰, "善哉善哉. 難忍難忍, 非人不忍, 不忍非人."

勤學篇

子夏曰, "博學而篤志, 切問而近思, 仁在其中矣."

---

19) 擊壤詩 : 擊壤歌에서 유래한 詩로서, 堯나라 때의 태평세월을 구가한 것. 원뜻은 정치의 고마움을 알게 하는 정치보다는 그것을 전혀 느끼기조차 못하게 하는 정치가 진실로 위대한 정치라는 것이다. 대개는 풍년이 들어 오곡이 풍성하고 민심이 후한 태평시대를 비유하는 말로 쓰이고 있다.

20) 范忠宣公 : 宋代의 范仲淹의 아들 純仁을 말한다.

21) 素書 : 漢代 黃石公의 저서이다.

22) 孫思邈 : 중국 初唐의 名醫이자 神仙家이다. 당나라 시대의 대표적 醫書인 ≪備急千金要方≫과 ≪千金翼方≫의 저자로 알려져 있다.

23) 子張 : 공자의 제자로 이름은 顓孫師이며 자장은 그의 字이다.

莊子云, "人之不學, 若登天而無術, 學而智遠, 若披祥雲而觀青天, 如登高山而望四海."

禮記[24]云, "玉不琢, 不成器, 人不學, 不知道."

太公曰, "人生不學, 冥冥如夜行."

韓文公[25]曰, "人不通古今, 馬牛而襟裾."

朱文公曰, "勿謂今日不學而有來日, 勿謂今年不學而有來年, 日月逝矣, 歲不我延, 嗚呼老矣, 是誰之愆."

論語云, "學如不及, 猶恐失之."

訓子篇

景行錄云, "賓客不來, 門戶俗, 詩書無敎, 子孫愚."

莊子曰, "事雖小, 不作, 不成, 子雖賢, 不敎, 不明."

漢書[26]云, "黃金滿籯. 不如敎子一經, 賜子千金, 不如敎子一藝."

至樂莫如讀書, 至要莫如敎子.

呂滎公[27]曰, "內無賢父兄, 外無嚴師友, 而能有成者鮮矣."

太公曰, "男子失敎, 長必頑愚, 女子失敎, 長必麤疎, 男年長大, 莫習樂酒, 女年長大, 莫令遊走, 嚴父出孝子, 嚴母出巧女, 憐兒多與棒, 憎兒多與食, 人皆愛珠玉, 我愛子孫賢."

省心篇

家和貧也好, 不義富如何, 但存一子孝, 何用子孫多.

父不憂心因子孝, 夫無煩惱是妻賢, 言多語失皆因酒, 義斷親疎只爲錢.

旣取非常樂, 須防不測憂.

---

24) 禮記 : 儒家 經傳의 하나로, 《周禮》, 《儀禮》와 함께 三禮라고 한다. 禮經이라 하지 않고 《禮記》라고 하는 것은 禮에 관한 경전을 補完하고 註釋하였다는 뜻이다. 의례의 해설뿐 아니라 음악·정치·학문 등 일상생활의 사소한 영역까지 예의 근본정신에 대하여 다방면으로 서술하고 있다.

25) 韓文公 : 唐代의 학자이자 문인인 韓愈를 말한다.

26) 漢書 : 대개 《漢書》라 함은 《前漢書》를 가리킨다. 前漢의 高祖에서부터 王莽까지의 역사를 班固가 기록한 책이다. 참고로 《後漢書》는 南北朝時代 南朝 宋의 范曄(398~445)이 光武帝에서 献帝에 이르는 後漢의 13대 196년 역사를 기록한 책을 말한다.

27) 呂滎公 : 宋代의 학자 呂希哲을 말한다. 滎公은 그의 諡號이다.

得寵思辱, 居安慮危.

甚愛必甚費, 甚譽必甚毀, 甚喜必甚憂, 甚臟必甚亡.

子曰, "不觀高崖, 何以知顚墜之患, 不臨深淵, 何以知沒溺之患, 不觀巨海, 何以知風波之患."

欲知未來, 先察已往.

子曰, "明鏡所以察形, 往古所以知今."

過去事明如鏡, 未來事暗似漆.

景行錄云, "明朝之事, 薄暮不可必, 薄暮之事, 晡時不可必."

天有不測風雲, 人有朝夕禍福.

立教篇

子曰, "立身有義而孝爲本, 喪祀有禮而哀爲本, 戰陣有列而勇爲本, 治政有理而農爲本, 居國有道而嗣爲本, 生財有時而力爲本."

景行錄云, "爲政之要曰公與清, 成家之道曰儉與勤."

讀書, 起家之本, 循理, 保家之本, 勤儉, 治家之本, 和順, 齊家之本.

孔子三計圖云, "一生之計, 在於幼, 一年之計, 在於春, 一日之計, 在於寅, 幼而不學, 老無所知, 春若不耕, 秋無所望, 寅若不起, 日無所辦."

性理書云, "五教之目, 父子有親, 君臣有義, 夫婦有別, 長幼有序, 朋友有信."

三綱, 君爲臣綱, 父爲子綱, 夫爲婦綱.

王蠋[28]曰, "忠臣不事二君, 烈女不更二夫."

子曰, "治官莫若平, 臨財莫若廉."

治政篇

明道先生[29]曰, "一命之士, 苟存心於愛物, 於人必有所濟."

宋太宗御製云, "上有麾之, 中有乘之, 下有附之, 幣帛衣之, 倉廩食之, 爾俸爾祿, 民膏民脂, 下民易虐, 上蒼難欺."

---

28) 王蠋 : 戰國시대 齊나라의 忠臣이다.

29) 明道先生 : 北宋 학자 程顥(1032~1085)를 가리킴. '理氣一元論', '性則理說'을 주창하였으며, 그의 사상은 동생 程頤를 거쳐 朱子에게 큰 영향을 주어 송나라 새 유학의 기초가 되었고, 程朱學의 중핵을 이루었다.

童蒙訓30)曰, "當官之法, 唯有三事, 曰淸, 曰愼, 曰勤. 知此三者, 則知所以持身矣, 當官者, 必以暴怒爲戒. 事有不可, 當詳處之, 必無不中, 若先暴怒, 只能自害, 豈能害人. 事君如事親, 事官長如事兄, 與同僚如家人, 待群吏如奴僕, 愛百姓如妻子, 處官事如家事, 然後能盡吾之心, 如有毫末不至, 皆吾心有所未盡也."

抱朴子31)云, "迎斧鉞而正諫, 據鼎鑊而盡言, 此謂忠臣也."

治家篇

司馬溫公曰, "凡諸卑幼, 事無大小, 毋得專行, 必咨稟於家長."

待客, 不得不豊, 治家, 不得不儉.

太公曰, "癡人畏婦, 賢女敬夫."

凡使奴僕, 先念飢寒.

子孝雙親樂, 家和萬事成.

時時防火發, 夜夜備賊來.

景行錄云, "觀朝夕之早晏, 可以卜人家之興替."

文仲子32)曰, "婚娶而論財, 夷虜之道也."

安義篇

顏氏家訓33)曰, "夫有人民而後有夫婦, 有夫婦而後有父子, 有父子而後有兄弟, 一家之親 此三者而已矣. 自玆以往, 至于九族, 皆本於三親焉, 故於人倫爲重者也. 不可不篤."

莊子云, "兄弟爲手足, 夫婦爲衣服, 衣服破時, 更得新, 手足斷時, 難可續."

蘇東坡云, "富不親兮貧不疎, 此是人間大丈夫. 富則進兮貧則退, 此是人間眞小輩."

遵禮篇

子曰, "居家有禮, 故長幼辨, 閨門有禮, 故三族和, 朝廷有禮, 故官爵序, 田獵有

---

30) 童蒙訓 : 宋代 呂本中이 지은 어린이 계몽서를 말한다.

31) 抱朴子 : 중국의 神仙方藥과 不老長壽의 비법을 서술한 도교서적이다.

32) 文仲子 : 王通을 말한다. 중국 隋나라의 사상가로 唐나라 王勃의 조부이다. ≪文中子≫ 10권을 세상에 남겼다.

33) 顏氏家訓 : 六朝시대 말기, 北齊의 顏之推(531~591)가 자손들을 위해 경계할 바에 대해 서술한 책.

禮, 故戎事閑, 軍旅有禮, 故武功成."

子曰, "君子有勇而無禮, 爲亂, 小人有勇而無禮, 爲盜."

曾子曰, "朝廷莫如爵, 鄕黨莫如齒, 輔世長民莫如德."

老少長幼, 天分秩序, 不可悖理而傷道也.

出門如見大賓, 入室如有人, 若要人重我, 無過我重人.

父不言子之德, 子不談父之過.

言語篇

劉會曰, "言不中理, 不如不言."

一言不中, 千語無用.

君平[34]曰, "口舌者, 禍患之門, 滅身之斧也."

利人之言, 煖如綿絮, 傷人之語, 利如荊棘, 一言利人, 重直千金, 一語傷人, 痛如刀割.

口是傷人斧, 言是割舌刀, 閉口深藏舌, 安身處處牢.

逢人且說三分話, 未可全抛一片心, 不怕虎生三箇口, 只恐人情兩樣心.

子曰, "巧言令色, 鮮矣仁."

交友篇

子曰, "與善人居, 如入芝蘭之室, 久而不聞其香, 卽與之化矣. 與不善人居, 如入鮑魚之肆, 久而不聞其臭, 亦與之化矣. 丹之所藏者赤, 漆之所藏者黑, 是以, 君子必愼其所與處者焉."

家語云, "與好人同行, 如霧露中行, 雖不濕衣, 時時有潤. 與無識人同行, 如厠中坐, 雖不汚衣, 時時聞臭. (與不善人同行, 如刀劍中, 雖不傷人, 時時警恐.)"

子曰, "晏平仲, 善與人交, 久而敬之."

酒食兄弟, 千個有, 急難之朋, 一個無.

莊子云, "君子之交, 淡若水, 小人之交, 甘若醴."

---

34) 君平 : 前漢 때의 嚴君平을 말한다.

○ 部首名稱

1획		屮	싹날철	片	조각편	舛	어그러질천	音	소리음
一	하나 일	山	메산	牙	어금니아	舟	배주	頁	머리혈
丨	뚫을 곤	巛	개미허리	牛	[牜]소우	艮	괘이름간	風	바람풍
丶	심지불 주	工	장인공	犬	[犭]개견	色	빛색	飛	날비
丿	삐칠 별	己	몸기	**5획**		艸	[艹]초두머리	食	먹을식
乙	새 을	巾	수건건	玄	검을현	虍	범호엄	首	머리수
亅	갈고리 궐	干	방패간	玉	[王]구슬옥	虫	벌레훼	香	향기향
2획		幺	작을요	瓜	오이과	血	피혈	**10획**	
二	둘 이	广	엄호	瓦	기와와	行	갈행	馬	말마
亠	머리 두	廴	민책받침	甘	달감	衣	[衤]옷의	骨	뼈골
人	[亻]사람 인	廾	스물입발	生	날생	襾	덮을아	高	높을고
儿	받침사람 인	弋	주살익	用	쓸용	**7획66**		髟	터럭발엄
入	들 입	弓	활궁	田	밭전	見	볼견	鬥	싸울투
八	여덟 팔	彐	[彑]튼가로왈	疋	짝필	角	뿔각	鬯	울창주창
冂	먼곳 경	彡	터럭삼	疒	병질엄	言	말씀언	鬲	다리굽은솥력
冖	덮을 멱	彳	두인변	癶	필발머리	谷	골 곡	鬼	귀신귀
冫	얼음 빙	**4획**		白	흰백	豆	콩두	**11획**	
几	안석 궤	心	[忄]마음심	皮	가죽피	豕	돼지시	魚	물고기어
凵	입벌릴 감	戈	창과	皿	그릇명	豸	갖은돼지시	鳥	새조
刀	[刂]칼 도	戶	지게호	目	눈목	貝	조개패	鹵	소금밭로
力	힘 력	手	[扌]손수	矛	창모	赤	붉을적	鹿	사슴록
勹	감쌀 포	支	버틸지	矢	화살시	走	달릴주	麥	보리맥
匕	친할 비	攴	[攵]칠복	石	돌석	足	발족	麻	삼마
匚	상자 방	文	글월문	示	[礻]보일시	身	몸신	**12획**	
匸	감출 혜	斗	말두	内	짐승발자국유	車	수레거,차	黃	누를황
十	열 십	斤	도끼근	禾	벼화	辛	매울신	黍	기장서
卜	점 복	方	모방	穴	구멍혈	辰	별신	黑	검을흑
卩	[㔾]마디 절	无	없을무	立	설립	辵	쉬엄쉬엄걸어갈착	黹	바느질할치
厂	바위거처 한	日	날일	**6획**		邑	고을읍	**13획**	
厶	사사로울 사	曰	가로왈	竹	대나무죽	酉	닭유	黽	맹꽁이맹
又	또 우	月	달월	米	쌀미	釆	분별할변	鼎	솥정
3획		木	나무목	糸	실사	里	마을리	鼓	북고
口	입구	欠	하품흠방	缶	장군부	**8획**		鼠	쥐서
囗	큰입구몸	止	그칠지	网	그물망	金	쇠금	**14획**	
土	흙토	歹	죽을사변	羊	양양	長	[镸]길장	鼻	코비
士	선비사	殳	갖은등글월문	羽	깃우	門	문문	齊	가지런할제
夂	뒤져올치	毋	말무	老	[耂]늙을로	阜	언덕부	**15획**	
夊	천천히걸을쇠	比	견줄비	而	말이을이	隶	미칠이	齒	이치
夕	저녁석	毛	털모	耒	쟁기뢰	隹	새추	**16획**	
大	큰대	氏	각시씨	耳	귀이	雨	비우	龍	용룡
女	계집녀	气	기운기엄	聿	오직율	靑	푸를청	龜	거북귀
子	아들자	水	[氵]물수	肉	고기육	非	아닐비	**17획**	
宀	갓머리	火	[灬]불화	臣	신하신	**9획**		龠	피리약
寸	마디촌	爪	손톱조머리	自	스스로자	面	낯면		
小	작을소	父	아비부	至	이를지	革	가죽혁		
尢	절름발이왕	爻	점괘효	臼	절구구	韋	가죽위		
尸	주검시	爿	장수장변	舌	혀설	韭	부추구		

강동석 ────────────────────────────────────

고려대학교에서 석사·박사 학위를 수여하였다. 연구분야는 한국한문학이다. 연구논문으로는 「고려후기 자연관과 그 변모 양상에 관한 연구」, 「안축 시에 있어서의 의식 세계와 주제 의식」 외 다수가 있다. 역서로는 고전학연구소에서 공동 번역한 『국역 존재집』 권1(2013)이 있다.

漢 字 와   漢 文

대학교양,
한자와 한문

초 판 인 쇄 | 2013년 9월 13일
초 판 발 행 | 2013년 9월 13일

편 저 자 | 강동석
펴 낸 이 | 채종준
펴 낸 곳 | 한국학술정보㈜
주   소 | 경기도 파주시 문발동 파주출판문화정보산업단지 513-5
전   화 | 031) 908-3181(대표)
팩   스 | 031) 908-3189
홈 페 이 지 | http://ebook.kstudy.com
E - m a i l | 출판사업부 publish@kstudy.com
등   록 | 제일산-115호(2000. 6. 19)

ISBN   978-89-268-4647-6 03810